风中的旅人

江铸久　芮乃伟　著

书海出版社

热爱芮乃伟（代序）

幸甚至哉，我是芮乃伟九段的围棋读者，看闲书一样地打她的谱。看她年复一年披挂上阵，伤痕累累却不动声色，杀人如麻。心里很羡慕。看她跟江铸久九段相互找到，结成巍峨的18段夫妻。看吴清源先生收她为弟子。看他们夫妇终于去了韩国，重登职业围棋的战车。

已经20多年了，她竟还是世界女子围棋第一人。天时不时，地利不利，人和不和之境，是她自己要下棋，当一个专心的热爱围棋的人，这棋才下到今天，胜利到今天。那些跟她同时代的女棋手，可以说何其不幸，也可说何其幸运。

我写过芮乃伟一次，《棋盘上的那个女人》。那时我已见过她，在上海的丁香花园，我请吴清源先生签名，她在一旁。后来我们认识了，我们有共同的朋友。再后来，她想上网，就来我当论坛版主的小众菜园挂单。从那时起，我看到走下棋盘的芮乃伟，她不仅会下棋，还会写文章，还会拍照，还会烧菜，还会不识路。

上网后她不谈围棋，先说在美国西部的旅行。网友们不知道新来的女性是谁，但喜欢她的帖子。在纪念雷锋的那天，我帮她贴图。她的图片大山大水，阳光照着磐石，割出阴阳。大树。很大很大的树。她拍照也像走21世纪围棋，朝大处讨活法。湖水。页岩。还有肥硕的松鼠和不知是狼是狗的犬科动物。锡安的黄昏，那一面坡的堵住视线的金黄。那张下雪的群山有个好名：神的阅兵场。它之后，有沙漠，还有月亮。

后来的图都是她自己贴的，她好学。她跟她那位著名的"领导"走过千山万水。他们的书叫《天涯棋客》，她在小众菜园的用户名是"风中的旅人"。旅行似乎总有点宿命的意味，好在喜欢上了，他们在棋盘上走子般的走地球。

她在论坛的沙滩上搭建自己的塔楼。论坛休克，不气馁，坚定地从头再搭。菜园有一伙喜欢摄影的网民。在他们的撺掇下，她买下尼康D200相机。执子之手举个笨重家伙去拍棋手，拍大自然。于是我们看到当天的李昌镐，看到远方的树叶。

小众菜园有画家常驻，每每贴点自己的画和字。有天我也贴了一幅，芮乃伟送我的扇面，写唐诗。好评如潮。人被表扬是麻烦的，她又开始临帖。

在上海，在北京，在澳大利亚，在美国，有他们的菜农兄弟姐妹，有网下的拥抱和欢笑。她在论坛的风格和下棋迥异，自己飞和关，不挖别人，不打劫，不征子，不使手筋。她下棋不轻薄任何对手，发帖不取笑我这种班门弄斧的人。

有事情的时候，我跟她也在MSN上说会儿话。说完了，她去用功，我做杂事。

我们在虚拟的空间中看来看去。

夜深了，见她的用户名久久挂在论坛上，就猜有麻烦了。她跟我说过，输了棋会睡不着，会不由得一遍遍想那盘棋。这就是职业棋手啊。我帮不了她。

芮乃伟发帖的签名是：

"蜗牛角上争何事？石火光中寄此身。随贫随富且欢乐，不开口笑是痴人。"那是她师父吴清源先生喜欢的诗。

芮乃伟在棋盘上是好看的人，搬开棋盘还是好看的人。那些好看，是她自己走出来，写出来，拍出来的。这些，以前她的"领导"知道，现在，我们都知道啦！

陈　村

2007.12.16

1 背包走欧洲

英国
002 / 伦敦
005 / 剑桥
荷兰
007 / 阿姆斯特丹
德国
010 / 科隆 莱茵河
012 / 海德堡
捷克
016 / 布拉格
奥地利
023 / 维也纳
瑞士
029 / 蒙特勒
033 / 日内瓦与伯尔尼
意大利 梵蒂冈
038 / 威尼斯
043 / 翡冷翠（佛罗伦萨）
047 / 那不勒斯与庞贝古城
051 / 罗马
053 / 罗马的大门和西班牙台阶
055 / 圆形大竞技场
058 / 梵蒂冈
062 / 罗马和废墟

2 行走在壮丽的美国西部大地

069 / 优胜美地国家公园
072 / 国王谷和红杉国家公园
075 / 洛杉矶和拉斯维加斯
078 / 锡安国家公园
081 / 布莱斯峡谷国家公园
084 / 殿礁国家公园和拱石国家公园
090 / 大峡谷国家公园
094 / 死亡谷国家公园
098 / 美丽的泰浩湖

3 日本镰仓

103 / 追寻小津安二郎、吴清源、川端康成的足迹

4 朝鲜金刚山纪行

121 / 无奈的昌镐
126 / 九龙渊
132 / 海金刚 三日浦

5 生活在韩国

139 / 流水不争先

1 背包走欧洲

一直想去欧洲，不是跟着旅行团的小旗，而是背着双肩包四处走，自助旅行。想了好久了，有几次连机票都订了，都是因为突然有比赛插进来，最终还是取消了预约。

2003年4月底，从上海回到韩国，次日即有比赛。下完棋，去棋院事业部看比赛日程，发现5月竟然是一片空白。原来，因为SARS的缘故，预定5月份在韩国举行的两项世界比赛被推迟了，而韩国国内预选赛的赛程一下子还来不及安排进去。

太好了，我们去欧洲吧？！

马上着手准备，订票、制定行程等等。

买了全日空的机票。5月1日先飞东京，住一晚，2日12:30的航班飞往伦敦。

航线是从日本向北，然后向西，两个多小时之后，已在西伯利亚的上空，先是连绵不绝的雪山森林，之后是白雪覆盖的大地，有八九个小时都是这样壮观的景色。

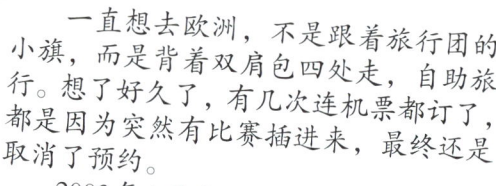

英国

伦敦

5月2日伦敦时间下午4点10分,我们的飞机在伦敦机场落地。天下着小雨,从飞机上望下去,但见一片翠绿,不禁感叹之。英国海关是我们所见到的海关中最简洁的,没有高高的台子和小窗口,海关官员站在一个演讲桌后面,我们俩上前,简短的问话之后就被放行了。与其说是通关,倒更像是老师让学生上前回答问题,然后离开。

让我们惊奇的是,这位官员看了我们填的入关单后问:"你们两个都是职业棋手?"我们答是。他说:"这个Game(游戏)在亚洲很流行啊?"原来这位官员知道围棋!我们很惊奇也很高兴。

这就进入英国了。

朋友范元来接我们。他在BBC(英国广播公司)做了十多年的记者,家在伦敦北郊的一座小丘上,美丽的女主人将家里收拾得很有情调。

从他家二楼的窗口望出去,视线所及,除了雅致的小楼外,就全是树木、草坪、足球场。突然一个疑问冒出来:伦敦不是"雾都"吗?雾呢?范元说,所谓的雾都是废气,是工业革命时污染的。经过多年来的治理,现在的伦敦已恢复了过去的清洁,如今的年轻人再也想象不出当年那个情景了。

不由得想到了北京。沙尘暴在上世纪还很少听说,但现在这个词却已是烂熟了。来时在飞机上看到的卫星云图显示,中国西部是大片大片的黄色,而一进俄罗斯即变为绿色。沙漠化日趋严重的祖国,什么时候能够治理到恢复从前的绿呢?

还想起2月份在北京比赛时,洗澡时水不热,请来酒店人员,答曰:放个15、20分钟就热了——我们心里一紧,北京可是严重缺水的城市啊!再说,我们国家的水资源本来就很缺乏,再也经不起浪费了。还有多年来国内使用的抽水马桶,一拉水就哗哗地流;而日本的抽水马桶不仅有大小用水之分,而且洗手之水还可注入马桶使用。日本并不太缺水,可他们在节能节水方面下了很大的工夫,忧患意识很强。

生活在国外,常常就会聊到这些话题,心里非常着急。

大笨钟和议会大厦一带

晚上范元夫妇带我们出去吃饭,为我们设了丰盛的"接风宴"。那个中餐馆非常贵。范元是个棋迷,我们谈了不少围棋的话题。

第二天,范元开车带我们游览伦敦。时间紧,要带我们看的东西却那么多,真是给他出了难题。我们马不停蹄地看了伦敦塔、泰晤士河上著名的塔桥、大笨钟、议会大厦、西敏寺以及白金汉宫等许多地方。

伦敦塔原为皇室居所,后演变为监狱,英国历史上许多黑暗悲惨的事件即发生于此。

大笨钟和议会大厦几乎是连在一起的,它们呈金黄色,不过不是金碧辉煌的那种金,石砌的墙,不知是否是年代久远的缘故,墙体泛黄,黄得旧旧的,有一种从遥远的过去传来的威严。我们很喜欢这一种感觉。

大笨钟,英文原意就是大钟,可是翻译时多加了一个"笨",就觉得钟和我一样,活了起来,透着可爱的憨态。

白金汉宫是出人意料的朴素,也没有重兵把守,看上去简直就像中国一个部级大院,哪里会是皇宫?只有正面黑铁大门上的金色装饰才显示出一点皇宫的气派。这种开放式的庶民性姿态和一般印象中的皇宫大不相同。

伦敦在"二战"时曾遭纳粹的猛烈轰炸,可是从满街的建筑物上却看不出修复的痕迹。英国人早就订出了规矩,那就是"修旧如旧",收集不同年代

温莎堡　　　　　　　　　　伦敦塔

的旧材料，用在维修上。唉，想想我们拆的城墙，破的四旧……

下午去了大英博物馆。在正对着博物馆大门的一家Ｇａｍｅ店里，我们看到有六七种围棋棋具(大多数是韩国制造的)以及二十多种围棋书(都是英文版的)。店主告诉我们说，这些商品都卖得挺好的。

伦敦的消费水平高，常年在世界前10名，居高不下。可大英博物馆却不收费，英国所有的博物馆都免费，由国家拨款支持。

英国早年能够称霸全球是因其海军突然变得强大。相比别国，英国更早地使用了海上的"定位仪"(指南针)。这一领先于他人的"高科技"成就了它一代霸业，也使英国逐渐形成了重科技、重教育、重人才的传统。

走进大英博物馆后，我们直奔中国馆。大厅里正在展出中国历代的瓷器和青铜器。一件件细细地看过去，有的非常精美，有的则古朴粗犷，都是稀世之宝啊！

不禁想：如果这些宝贝能够在中国博物馆内存放并展出，那该多好！可是，如果它们一直留在中国的话，现在还能存在多少？有多少珍贵的文物毁在我们自己的手里啊，令人痛心！我们当然希望中国的一切文物都能留在自己的国土上，因为这是我们民族的财产。但同时，它们也是全人类的文化遗产啊！

周国平老师曾在《人类的敦煌》一文中写道："我们已经很当然地认为外国人掠走中国文物是对我们的民族犯罪，有朝一日倘若我们还当然地认为中国人破坏中国文物是对人类犯罪，我们才算真正从敦煌痛史中吸取了教训。"

剑桥大学

剑桥

5月4日,我们奔向剑桥大学。除了慕名而去,更重要的是要看看我们的日本小妹妹雅子一家。

有一双大眼睛的雅子漂亮、可爱。她已在剑桥待了5年,目前正攻读天体物理博士学位。她先生早已读完博士,正在做研究。两人有时还下下棋。剑桥有一个围棋俱乐部,经常有十几个人在一起下棋,他们夫妇俩当然是主力。先生有日本业余6段的实力,平时两人在家下棋,先生能让雅子两子以上。学问做得好、棋上水平也不错的先生常赢,雅子就耍赖,说:"我下棋的朋友都厉害,看看乃伟姐姐,你的棋力太差了。"当着我们,两人又高高兴兴地说着这个长长的话题。他们不久就要移居丹麦,丹麦的围棋协会不久就会增添一对生力军。

雅子是依田纪基九段的前妻,在我们的书中也提到过她。当年我在日本时,雅子曾给予我很多帮助。离开日本很久了的雅子关心地问起依田的成绩和棋界现况。他们刚刚有了一个小男孩,7个月了,非常可爱。同我们聊天时,已被聘为丹麦皇家研究所研究员以及哥本哈根大学教授的先生忙里忙外地为我们做午饭,间歇时还为孩子换尿布。我们逗雅子说:"先生真的是日本人吗?"

看到雅子受到这般呵护我们都感到非常高兴,也终于放下了多年来悬着的心。我们相约一定去哥本哈根看他们,再好好地一起待一阵子。

荷兰

阿姆斯特丹

本来，计划从伦敦坐火车去布鲁塞尔，然后从那里进入德国。那天在雅子家往阿姆斯特丹打了一个电话，郭鹃说她这几天有空，并高兴地说："你们快来荷兰看我吧！"声音里还是往日那风风火火的劲儿。于是上网，订了欧洲一个廉价航空——easyJet的机票，直奔阿姆斯特丹，投奔郭鹃而去。

5月5日下午，郭鹃到机场接我们。到了她家之后，我们真是吓了一跳：郭鹃的房子有300多平方米！仅仅卫生间就大得够我们住了，而且装修及布置都非常漂亮。铸久高呼："你这不是整个一刘文彩庄园嘛！"我最羡慕的是她的大厨房。承她好意，将她的大卧室（比我们韩国家的厅大多了）让给我们睡。

郭鹃和铸久同是山西出身，是队友，一起打了多年的全国比赛。后来，我们又一起在国家队待了几年。算来，她到欧洲也十多年了，一直致力于围棋普及，可说是桃李满欧洲，到处都是她的弟子。她直嚷嚷说，我们下面不管到哪里，她都可以派她的徒子徒孙来接，并替我们安排！赶快谢过她的好意，连说我们原本是旅行，可不是地下游击队来四处接头的，往后我们自己走就是了。

在欧洲和美国教棋，有许多相似之处。除了尽心尽力，还得讲究方法。方法不对头，就不容易留住学生。另一方面，学生的多少又直接影响到老师的收入和生活。郭鹃显然做得不错，人又热情。以前我们在法国时就听当地棋手说过，只要荷兰有比赛，郭鹃就招待他们一大拨人去她家住，大家打地铺。

第二天，郭鹃带我们去小城莱顿的一个著名的郁金香园看花。5月是郁金香绽放的季节。荷兰人靠种花外销致富，世界闻名。

公园里到处都是大片大片的郁金香，红、黄、白、紫、黑……各种颜色的郁金香交相辉映，美极了。但细看土质，实际上远远不能说好，以沙松土居多。或许是荷兰位处海边的关系？可见是技术好，不知中国能否引进这种技术让国人致富？

这天也正是郭鹃的生日，一束"红得不忍离去"的郁金香，权当是给郭鹃的生日礼物，愿她快乐幸福，事事如意。

下午回家后，郭娟还坚持要带我们去坐游船，我们说不用了，借我们车我们自己去转吧。

我们所说的车是自行车。荷兰被称为自行车王国，大街上有专门的自行车道，对于生活在无专用自行车道的韩国的我们来说，能够在这里骑车走一走是非常开心的事情。

阿姆斯特丹有着许多条运河，使城市风景秀丽妩媚。我们从这条道骑到那条道，转来转去尽是小桥流水人家的景象，真不像是一个国家的首都。

我们尽兴而归。

晚上，一些棋友来郭鹃家聚会。我和郭娟一起做了一些中国菜。

我们惊喜地遇到了多年前在日本棋院留学的爱米尔，德国孩子，现在阿姆斯特丹读书，郭娟的学生，刚刚拿了荷兰围棋冠军。他的女朋友是韩国人。回想1994年时我们和爱米尔还一起登上了富士山呢，没想到这么多年过去，竟然在郭娟家碰上了。

这一晚上忙得很：我们除了和郭娟说自己的语言外，还和爱米尔说日语，和他女朋友说韩语，和其他的朋友则说英语；郭鹃也是同样，同爱米尔和他的女朋友说英语，和其他荷兰的朋友说荷兰话，和我们说中文……这么说来说去，菜就被报销了。真是快乐的一晚！

吃完饭，爱米尔的女朋友和郭鹃的另一位朋友替我们在网上查了莱茵河游船的班次，打印了一份给我们。

这是我们这一程有朋友接应的最后一站，下面就全靠自己了。

郁金香

德国

莱茵河两岸景象

科隆 莱茵河

7日，一大早，告别睡眼朦胧的郭鹃，离开住了两天的House，背着我们的双肩包，走去荷兰火车站。上车前，先去票务处，拿出我们在韩国买好的欧洲火车通票（Eurail Passes），请工作人员填上开始使用的日期。从这一天起，整整15天，我们可以随意乘坐欧洲17个国家的火车一等席（一些特殊类型的，如法国的TGV、意大利的EuroStar则需要补一点钱）。

从荷兰进入德国的第一站是科隆。

出了火车站，迎面的车站广场上，著名的科隆大教堂拔地而起。哥特式的尖峰直刺长天，黑森森地堆砌出雄伟和坚决的气概。它动工于1248年，1880年才完成，前后造了600多年。

一座建筑居然可以造600年！其间经历了多少次的改朝换代，可是他们竟然还是继续往下造，非但继续造，连风格也完全统一。这种无声的坚持所体现的精神给予我们极大的震撼。那600年，中国正经历元、明、清三个朝代。作为文明大国的我们到底留下了多少600年前的建筑？更不用说用600年的时间来造同一座建筑了。

看过科隆大教堂，再回车站，坐车去科布伦茨。下车后叫了一辆出租车（是奔驰哎），赶上了14:00发的游船。

船沿着德国的"父亲河"——莱茵河逆流而上。一路上，许许多多的古城堡、教堂、小镇的民居——滑过眼前，更有那漫山遍野的绿色——

英国和日本的树林都很整齐，有一种人工排队与修剪的痕迹。而德国的树看上去却是让枝权自由生长，唯一的原则是彻彻底底地覆盖。目力所及，农田较少，除去葡萄园外，就只有树了。无论是平原、丘陵还是高山，其森林之密似乎只有水才可以渗透了。

其实有些树林看上去也就三十年左右。在我们国家，最近政府已明令禁止砍树，要植树。真希望三十年后我们国家的森林覆盖率也能像今日的欧洲一样。

莱茵河岸畔

海德堡

第二天的目标是海德堡。

在德国的众多城市中,之所以选择了海德堡,除了它很美以外,更重要的原因是我们的好朋友、著名的哲学家周国平老师1999年曾经应聘为海德堡大学的客座教授,偕夫人孩子来此讲学达半年之久,就住在距古堡10分钟路的山下大学区内。

欧洲的哲学历来位于世界的前列,而其核心则是德国哲学。海德堡大学建于1368年,是欧洲最古老的大学之一。学校没有围墙,街头到处都是学生,一派生机勃勃的景象。

海德堡

这一日天气晴朗。我们正站在依山傍水的大学区边缘，手拿地图资料埋头研究，一位漂亮的女生主动问我们是否需要帮忙。这一天有三四次吧，只要我们站在路口显出犹豫不决的样子，立刻便有学生模样的年轻人上来为我们指路，还都不吝时间，直到看着我们走上了正确的路、坐上了正确的车才放心地离开。

我们没有去坐缆车，而是自己爬上了建在山上的老城堡——海德堡。

据我们手边的资料上说，欧洲的城堡，其中有相当一部分是因为当年蒙古大军在欧洲大地攻城拔寨，所向披靡，使得这些一方霸主不得不筑起坚固的堡垒，以抗御不知何时就会到来的攻击。

海德堡（指老城堡）造得坚固、雄伟，牢牢地占据着山上最险要的位置，俯瞰着整个城市。堡内还有世界上最大的酒桶，长8米，高7米，十分壮观。

黄昏时分，我们走过内卡尔河，登上了对岸山腰处那条著名的哲学家之路。回首望去，夕阳里，山上雄伟的古堡，教堂奇拔的尖顶，河上漂亮的古桥，以及整座城市几乎一色红砖砌成的房舍的那份协调与美丽使我们看得呆了。

据说歌德、黑格尔等许许多多的诗人和哲学家曾经在这条路上陷入了深深的思索。我们不约而同地说，周老师一定也在这条路上走过吧？！

很久以来，我们国家许多人，包括一些著名的学者，都认为现在的中国同西方相比，不足的仅仅是物质上的文明，而论到精神文明，我们有五千年的灿烂文化，有孔孟之道……又不像古希腊、古埃及以及两河文明那样已经衰败了，所以嘛，精神文明还数我们领先。

周老师自海德堡回国后，在北大演讲时提出了这样的观点：中国文化传统中的一个严重弱点是重实用价值而轻精神价值。以哲学为例，肯定个人本身就是价值，个人价值的实现本身就是目的，这个论点是西方自由主义思想的核心。可是在19世纪末20世纪初中国人向西方寻求真理的代表人物严复的译著里，这个核心不见了，而代之以"通过个人能力的自由发展和竞争，可以使进化过程得以实现，从而导致国家富强"。在这里，个人自由仅仅成为一种手段。

在中国人的心目中，无论什么精神价值，包括自由、公正、知识、宗教、真善美、爱情等，都非要找出它们的实用价值不可，否则就不承认它们的价值。

周老师认为：精神文明的核心是对精神价值的尊重，一个民族精神文明的成就体现为它在哲学、宗教、文学、艺术上所达到的高度。

最后，周老师呼吁中国有更多立志从事纯哲学、纯艺术、纯学术的人，即以精神为目的本身而非为了成为海德格尔、毕加索。这样，也许几代人后，我们民族的精神素质会有所改观。

我想，我们做棋手也一样。

海德堡

捷克

布拉格

从法兰克福坐夜车,早晨8:50抵达捷克首都布拉格。

小时候对布拉格的了解来自1968年的"布拉格之春",记忆中似乎是"布拉格政府想要走自己的路,而前苏联出兵进行了干预",是修正主义打修正主义还是什么其它,不明白。

近来读到的一些有关欧洲的游记都极推崇布拉格,甚至有人说,如果只能选择一个欧洲城市重访的话,他将选布拉格。好莱坞新片《3X》和《神鬼拍档》都将布拉格拍得极为美丽。所以尽管捷克不在欧洲联盟之列,我们的欧洲铁路通票用不上,我们也决定去。

"欧洲的魔术之都"、"金色布拉格"、"北方的罗马"、"欧洲的音乐学院"、"千塔之城"、"建筑博物馆之都"……访问过布拉格的人给予她如此众多的美誉。而我们一踏上布拉格的石子路,也立即为这座城市的魅力所倾倒。

布拉格建立在七座山丘之上,伏尔塔瓦河从其间蜿蜒地流过。再加上她有这么多美丽的古典建筑和那样浓厚的艺术氛围,怎不令人如痴如醉?

布拉格不只是美丽,还拥有悠久而特殊的历史。虽然大部分时期都在他国的侵略和蹂躏下失去了自由,可是布拉格并未因此而失去民族自尊,一代又一代的布拉格人和侵略者抗争着,并努力捍卫着自己的语言和文化。其抗争史上最广为人知的是那个著名的"布拉格之春":1969年1月,学生J.帕拉夫在瓦茨拉夫广场的圣瓦茨拉夫的骑马像前自焚,以死抗议前苏联入侵。

出站后先换了一点捷克钱,然后,拿着火车站问讯处推荐的一个家庭旅馆的地址,边走边找。旅馆位于一条铺着石子的小街上。街虽然很窄,但是两边的楼房都很气派。这个家庭旅馆是一幢居民楼里的一套房子,总共只有两个房间,我们租下了其中的一间。每天晚上躺在床上,在楼群里飘荡着的小提琴声里入梦。

放下行李,洗洗就出门了。我们的住处离伏尔塔瓦河(Vltava)不远,走到河边只要10分钟。

我们沿着河向旧城区方向走,沿途建筑都是花岗岩盖成的数百年的老楼,五层左右,每一层的间隔都非常高,加以许多的雕像,很像上海外滩的建筑,凝重古朴，气派很大。

　　河对岸的山丘上，巍然屹立着布拉格最宏伟的建筑——布拉格城堡。

　　城堡位于伏尔塔瓦河西岸，从城堡所在的山上可以俯瞰整个布拉格市街，为历代国王的居处。她于9世纪中叶开始建造，到14世纪查理四世在位期间，才基本修建成现在这样气势宏大的建筑群。

　　远远望去，布拉格城堡雄伟壮丽，不愧为布拉格的象征。

　　再走上几步，一座站着许多雕像的古老石桥出现在我们眼前，这就是著名的查理大桥，在电影《3X》里，主人公在最后关头将装载着生化武器的小船弄沉，避免了布拉格的毁灭之灾的那一段镜头就是以此桥为背景拍摄的。

伏尔塔瓦河

查理大桥是根据查理四世（他开创了波希米亚中世的鼎盛时代，现在的布拉格在那时基本成型）的命令，于1357年动工，花了60年的时间方才修成，当时为连接伏尔塔瓦河两岸的唯一桥梁。600年的风吹雨打兼数次的大洪水冲击，美丽的古桥却依然完好无损，不禁令人惊叹其精湛的造桥技术。

走到桥头，但见人头攒动——好像全欧洲的游人都到这里来了似的，只是亚洲人非常少。桥长520米，宽约10米，两侧的栏杆上排列着30个圣人雕像，他们或取材《圣经》中的人物，或是捷克的英雄以及历史上的圣人。不少游客都在细细地读着雕像的介绍文字，可惜我们读不懂，即使懂其文字也因不懂其历史而徒唤奈何。在欧洲，很多时候都恨自己书读得太少，因此不能更进一步地体会眼前的一切。

从布拉格城堡上俯瞰

查理大桥上

幸而，查理大桥的另一个特点是，游人完全不需要语言和文字就能够融于其中——那么多的街头音乐家在表演啊！有的是单独一人，也有的是一个五六人的小乐队；有的拉小提琴，奏古典音乐，有的则吹打着一些奇奇怪怪的乐器……这里洋溢着一派欢乐的气氛，游人的鼓掌叫好声此起彼伏。

整个下午我们都围绕着查理大桥和旧城区转。阳光很烈，我们跑去旧城广场泡咖啡座，一不小心正好坐在了著名的古钟下面。建于14世纪的旧市政厅的塔上悬挂着大型的天文钟，每到整点时，古钟的机械装置就开始运作，伴着钟声，大钟上方的小窗户开启，十二使徒如走马灯似的从窗口现身然后消失。本来我们并不知道自己坐在什么地方，只是突然发现眼前站了一大群游客，都做翘首以待状，再看表快两点了，才猛然醒悟。于是就"把牢底坐穿"，看了两回整点的敲钟才起身。

黄昏，还是去站在查理桥上。夕阳的余晖照在布拉格城堡上，也照在林立的千塔万楼之中，将美丽的古都染成一片金黄，伏尔塔瓦河水更是流光溢彩。突然，教堂的钟声响起来了，钟声来自四面八方，我们的心被回荡在暮色里的钟声撞击、提升、飞扬，一时竟不知其所止……

布拉格的第二日，一早出门，买了90分钟有效的市内通用车票，去坐有轨电车，绕着布拉格城堡和伏尔塔瓦河坐过来再坐过去（这也是我们几年前在巴黎游览时的常用办法——坐着巴士在塞纳河两岸转个够）。

坐够了，在山顶下车，一路下到布拉格城堡。古堡正门有身着威武军服的卫兵站岗（我们赶到时正遇卫兵换岗，雨中聚了一大群游客在观看）；城堡内有总统府、旧王宫、圣十字教堂及气势雄伟的圣维特大教堂(St Vitus's Cathedral)，还有火药塔和斯特拉霍夫修道院等许多值得一看的建筑物。

但是最吸引我们的景色不是在城堡内，而是站在城堡的内花园墙头所望见的布拉格街景。蜿蜒曲折的伏尔塔瓦河，河上那几座美丽的古桥，以及成片成片的红色屋顶，那是中世纪的建筑风格。

太美了，令人不愿离去。于是在这视野绝佳之处找了一家餐厅吃午饭。坐下时还有些小雨，渐渐地天色明亮起来，眼前的片片红瓦闪着更加美丽的光芒。

在这趟旅途中，我们时时惊诧于欧洲人对于城市建筑的高度保护和风格的一致性。无论如何改朝换代，无论后继者的政见怎样不同，几乎都保留了原有的建筑，而且沿用其风格继续建造并加以发扬光大。而中国的阿房宫则是一把大火，先烧了再说。

也不知这是不是成为了一种"传统"，时至今日，即便是上海，每每改造一片区域时，也总是先完全推掉旧屋，再考虑造新的。上海的新天地也许是商业成功的典型，可是怎么看都太新了，像是摄影棚里搭出来的赝品。

下午我们去了旧城区以北的原犹太人居住区。这里虽然曾有过改建，但是原封不动地保留了很多对犹太人非常重要的犹太教会堂以及犹太人的墓地。第二次世界大战中捷克的数万犹太人遭纳粹屠杀。而现在，每年从世界各地来布拉格的犹太人都来此地追悼他们的同胞。

上海在"二战"时，曾经保护了五万左右的犹太人。可是现在上海已很难找到当年的犹太人旧房。尽管犹太民族是非常念旧的，但也得有适当的凭吊之地供他们来参拜呀！别的不说，单只是大批的犹太人来，就会为我们国家提供多少商机啊。

晚上去民族剧院看芭蕾舞《罗密欧与朱丽叶》。早晨路过剧院时偶然发现可以买到当天晚上的票，所以很幸运地获得了一次绝美的艺术享受。

捷克在德国统治期间，曾被迫说德语，不准用捷克语演出。就在这样的背景下，1849年，民族剧院筹备会开始运作，以"捷克人说捷克语的舞台"这一口号在全国募捐。1881年剧院建成，但不幸的是，就在要举行落成仪式之时发生了火灾。于是热心的募捐活动再次展开。两年后，即1883年，凭着第二次的募捐完成了重建。这是一座捷克人民引以为豪的剧院，被称为"哺育民族文化和精神的摇篮"。

说到此，不得不提一下国家歌剧院。曾经在网上读过一篇游记，将民族剧院写成国家剧院，使我们大大地迷惑了一阵。而实际上是两个不同的剧院。国家歌剧院最初是为了对抗民族剧院，德国人在"德国人的剧院"这一隐含的口号下修建的，当时叫德国剧院。20世纪60年代到70年代进行了全面装修，改名为国家歌剧院。

对这段历史最大的感想是：德国人毕竟没有毁去这个"捷克人的舞台"，而是建一所新的剧院，以此方式来对抗。而在中国历史上哪里用得着这么麻烦？把它推倒，或者一把火烧了岂不就万事大吉了？！可见对于文明的这一表达方式——建筑——的理念，欧洲是和我们大不一样的，也惟其如此，欧洲才存有如此众多杰出的古典建筑，而我们呢？

从剧院出来，又到伏尔塔瓦河边散步。远处的布拉格城堡在柔和的彩灯照耀下一改白日的雄伟，显得如梦如幻；河水轻轻地流着，街上都安静了。踩着小街的石子路慢慢地走回住处，心里只有一个念头：一定要再来！

布拉格城堡里

奥地利

维也纳

火车一过捷克与奥地利的边界，精神便为之一振。车窗外的景象如果用一个字来形容的话，那就是"绿"。捷克也有许多树，但整体感觉有点乱乱的。而奥地利，则绿得滋润、有生气，也绿得整齐、干净、层次鲜明，却毫不给人以雕琢的痕迹，仿佛大自然原来就是这样的。山上密密麻麻的全是森林，平地与山坡上则长满了青草。树木的品种、颜色的深浅俱不相同，层层叠叠地铺排过去，草场却是一色的嫩绿。山头云雾缭绕，山坡上成群的牛羊在吃草，红瓦、淡黄或淡灰色墙壁的小小农舍掩映其间。人、动物和自然如此和谐相处，我们是到了桃花源么？

到维也纳时是星期天，车站里比较冷清。一位韩国大叔在站台上招徕客人，我们走过时他正对着三个韩国女孩介绍他的民宿（家庭式旅馆）"韩国馆"。结果别人跑了，我们却跟上他走了。

虽然因为同住"韩国馆"的韩国年轻人太吵闹，我们只住了一晚上，第二天就搬到附近的一家饭店去了，但是韩国大叔给我们介绍了维也纳的很多情况，对我们帮助很大。

安顿下来后，我们带上地图和水，走上维也纳街头。

音乐之都、装饰之都、文化之都、建筑之都、森林之都、历史之都，形容维也纳的词语实在是很多。从地图上看来，奥地利的地形就如一把小提琴。18至19世纪，这里是欧洲古典音乐的摇篮和舞蹈音乐的发源地。其间，诸如莫扎特、贝多芬、舒伯特、海顿等扬名全球的伟大音乐家，曾经居住于此并从事音乐工作，难怪人们给维也纳冠以"音乐之都"的美誉。而保存完好的老城区中则遍布优美的巴洛克式、文艺复兴式和洛可可式建筑，无论从哪个角度看过去都有不同的意境和感受。

维也纳以白石建筑居多。就其建筑风格的宏大与庄严而言，有点像伦敦和布拉格。但是伦敦的建筑多为暗红色砖墙，给人一种严肃、沉稳的感觉；布拉格亦多白石建筑，风格也类似，但也许是因为沉淀了太多苦难的缘故吧，显得有些沉重。走在布拉格街头，会不由自主地被眼前的景象所吸引，特别

莫扎特像

鼠疫纪念柱

是在伏尔塔瓦河边，好像自己的一切都被牢牢地抓住，有时连呼吸也会急促起来（当然，不是受压抑的那种透不过气，而是在壮美的事物面前所感受到的那份震撼）。而维也纳就明快多了，特别是漫步在凯隆特纳大街上，手里握着冰淇淋，空气中飘浮着浓浓的咖啡香和悠扬的音乐声，更令人感到很放松，有一种融于其中的感觉。

　　国家歌剧院的背后就是凯隆特纳步行街。这是维也纳最主要的商业街，两旁都是服装店、餐厅和咖啡馆。黄昏时分，各式各样的街头表演相继开始，有音乐、歌唱、木偶戏，还有人体雕塑。演出者都极有水准，态度则不卑不亢，无论行人是否驻足，他们都只专注于自己的表演。

　　连着两天我们都看到一个年轻人坐在街口，吹着一种类似箫的乐器，一旁卧着他的黑狗——居然一动也不动。第二天傍晚还下着细雨，他吹着舒伯特的小夜曲，他的狗依然一动也不动地卧在他身边。那箫声穿过雨雾，直钻进人的心里来。

本来打算在维也纳只呆两天的，结果一住就是三个晚上。实在是这个城市有一种说不出的魔力，令人不想离开。恨不得这个旅程到此了结，我们就这样一天天地在这里晃悠下去吧。

也在努力地看景点，斯特凡大教堂、多瑙河、申布隆宫（也就是茜茜公主的美泉宫）、贝多芬小路、维也纳森林等等，但是喜欢维也纳的理由不在这些，在于维也纳的气氛和韵味：欢乐、明快、悠闲……

贝多芬雕像

第梅尔咖啡馆

市政厅大楼

于是我们也悠闲地过着在维也纳的每一日，白天上街转悠，泡咖啡馆；晚上则去看歌剧、芭蕾，快乐而逍遥。

最后一天下午坐上D路有轨电车，到终点下车，那就是著名的贝多芬小道的入口。

在小道上行约15分钟，即到达贝多芬塑像处。当年贝多芬住在此地时，常常在这条小路上散步，后人在他常坐着休息的地方树起了他的雕像。这条小路和维也纳森林相连，左边是一条小河渠，右边则是一排高级住宅掩映在绿树丛中。路上浓荫遍地，天际雷声轰鸣，像是大自然在奏着贝多芬的《命运交响曲》。

待我们往回走时，雨点已经飘洒下来了。再坐上D路电车时，雨越下越大，一会儿工夫，铁皮车顶被打得嘣嘣直响。仔细一看，地上白花花的一片。啊，是冰雹耶！3:55开始的，足足下了6分钟冰雹，然后又是瓢泼大雨。幸运的是，车到国家歌剧院时，雨居然停了，而当我们穿过两条街，一路走到第梅尔（Demel）咖啡馆，进去坐定，点好咖啡和蛋糕后，刚才那一幕就又重现了：冰雹，大雨，精彩极了。铸久还冲出去照相，结果咖啡馆里很多客人都跟着出去观看、照相。

第梅尔咖啡馆非常有名，创建于1848年，由于离王宫很近，所以当年很多贵族高官经常光顾，也曾经是弗兰茨·约瑟夫皇帝的御用店。整个店堂的装饰十分华美，白壁，镶着浅粉、浅灰等各式色块及各类花饰；墙上则是王室成员的大幅肖像油画和整套的军队出征图。进门左手一排摆满了琳琅满目的各式糕点和巧克力。

我们要先去糕点柜台选好自己想要的，然后再回到桌旁点咖啡。咖啡很好喝，更好的是在冰雹夹雨的午后，能够坐在一个有着悠久历史的古老咖啡馆里，捧住一杯冒着热气的咖啡。

王宫

美术史博物馆

瑞士

日内瓦湖

蒙特勒（Montreux）

早晨 7:50，车到蒙特勒站。其实一个多小时前我们就已经起来了，因为偶然一撩窗帘，竟惊见雪山绵延，于是两个人在客室外的过道上一直站到下车。

问讯处（Information Center）就在日内瓦湖边，但是要到 9 点才开。我们就走到一个伸进水里一截的小小码头，预备先吃我们下车前领到的简单的早餐。

我们的面前，展开着那个美丽的大湖——日内瓦湖（Lac Leman），也译作莱蒙湖或是雷梦湖。群山环抱之间，碧绿的湖泊如玉如镜，倒映着远处的连绵雪山。天蓝极了，阳光照得人很温暖（刚下车时，穿上我们全部的衣服还觉得冷呢！）。

才咬了几口干面包，麻雀就来了。于是拿面包屑喂麻雀，不一会儿大群的鸽子杀到，那么再一起喂。正忙着呢，一抬头，远处有一抹白影飘动——是天鹅！它们慢慢地近了，原来是一家子，天鹅爸爸和天鹅妈妈带着一群刚刚出世不久的小天鹅，妈妈背上居然驮着两个小天鹅宝宝。

我奔到背包那儿拿相机，可惜只照到一个宝宝在妈妈背上，另一个已经下来自己游了。这下没鸽子和麻雀什么事了。我们将面包撕碎，拼命地往下扔。天鹅娃娃们都吃得很香，天鹅爸爸和驮着小宝宝的天鹅妈妈却一直游动在队伍外围，赶走想过来分食的野鸭们，守护着娃娃们的美餐；爸爸还偷空吃一点儿，妈妈却几乎不吃。只是偶尔有一块面包落到她紧边上，她才伸头去吃，但是，只要有小天鹅往这边游，她便立刻缩回头，游开了。伟大的母爱！

喂完了，恋恋不舍地望着天鹅一家慢慢离去。

已经 9 点多了，我们背上包，转身进了问讯处。拿到一张手绘然后复印的蒙特勒地图，工作人员又帮我们打印了一张旅馆的表格，上面印着一大列便宜旅馆的名字、地址、电话号码和收费情况。

我们找到的旅馆名字是 Pension Wilhelm，正好也是我们表上有的。

女主人叫安妮（Ann），这栋大白屋已盖了有130多年了，而她的祖先在大约100年前将它盘下来改作旅馆，传到她手里已经是第四代了。门厅里挂着她的家人以及她小娃娃时的照片，还有1900年时蒙特勒的黑白风景照片，上面这栋大房子如鹤立鸡群般地立着。看来周围的那些大宅子都是后来才盖的。难怪她有这样不慌不忙的风度和自信。

早餐几乎都贡献给天鹅一家了，我们很饿，得去找吃的。找来找去找到了一家快餐，就是那种一大柁子肉（有牛肉和鸡肉）吊着，转着圈在火上烤，然后用刀一片片削下来，和生的洋葱、红椒、生菜等一起裹在煎饼里的叫Donner的东西。瑞士的食物实在太贵了，两份就要18瑞士法郎，还是喝自己带的水呢。（除了在布拉格买过一瓶矿泉水外，一路行来都是喝水道里的自来水，省钱，而且随灌随喝，十分方便。其中瑞士和奥地利的水最好喝，比很多地方的矿泉水还好。）

量倒是挺多的，吃了半天还有剩下的。打包带去湖边，坐在长椅上继续吃。吃完了，再吃甜点（在维也纳超市买的巧克力）。天际横亘着连绵的雪山，湖水在正午的阳光下闪烁着快乐的光。

好像可以一辈子在这张长椅上坐下去似的。

从火车窗口看到的

日内瓦湖

石墉古堡

　　终于下决心起来走路。我们沿着日内瓦湖一段最美丽的被称为"瑞士的湖畔明珠"的湖岸，向隔壁的小镇韦托（Vevey）走去，目标是著名的石墉古堡（Château de Chillon）。从这儿沿着湖岸走路过去大约需要40分钟。

　　一路上，右手边远景是雪山，中景为碧绿的大湖，近景则是沿途散布着的浅滩和小码头，系着许多私人游艇；还有湖边在微风中轻轻摇摆着的鲜花。左边山坡上，依山傍势地种植着大片大片的葡萄；还有一排排的别墅，它们高低样式各不相同，但是风格色彩统一和谐，望去赏心悦目。不时有年轻人骑着自行车，孩子们踩着溜冰鞋、踏着滑板从身边快速滑过。其实早晨刚到时我们也想租单车来着，可是车站租车处告诉我们要60瑞士法郎一天，而且只能到晚上7点。太贵了，只好作罢。不过在这么美丽的湖边，也根本不想急着赶去什么地方，慢慢地走路，反而更能和这一片山水亲近。

　　拐过一个弯，一座古堡出现在我们的前方。

　　原文Château de Chillon，有好几种译法：希隆，石隆，石墉——我喜欢石墉古堡这个名字，因为它最符合这个古堡的特征——一座用石头砌起的巨大的堡垒。

　　石墉古堡立于日内瓦湖内近岸处的一块大岩石上，以一挂木桥与湖岸相连。古堡的围墙始建于中世纪，当时用作对过往商队征收赋税的要塞，因为这里是圣伯德山口通往意大利的古道的咽喉地带。而实际上青铜时代这里即有先民居住，后被罗马人占据。古堡在 11 世纪到 13 世纪间大规模扩建并部分重建，先为锡永主教所有，12 世纪后成为法国萨瓦伯爵的领地，1536 年则被瑞士人攻占。这期间，城堡规模不停地扩大，直到成为我们今天所看见的巨大的身影。虽然其中很多建筑建造的年代不同，但是整体风格色调非常和谐，又经过百年千年的风吹雨打，各个塔楼、房舍以及围墙等，早已浑然一体，就如同自开天辟地起它们便是在一起似的。

远远望去，湖水碧绿明媚，古堡所背靠的山峦青翠秀雅，天际的雪山壮丽晶莹，还有那样蓝的天空和那样白的云朵……周遭的一切都是那样的明丽欢乐，可是却有一个苍老的身影盘踞其间，满身都是沧桑的痕迹。奇怪的是，如此强烈的对比竟然令人感到一种更大的和谐，仿佛这样美丽的湖光山色如果没有这个苍老孤傲的身影来引领，就会失掉其重心似的。

踏上木桥走进古堡，里面好大啊！地上三层，地下一层，还不算最高的几个塔楼，那是要爬好多圈楼梯才能上去的。内部有无数房间：好几个功能不同的大厅、候见室、挂毯室、客房、卧室，还有教堂。不过，这里最重要的地方不在地上这些装饰精美的房间里，而是在地下。

古堡里地下关押犯人的牢房中央有一排柱子，上面依然挂着冰冷沉重的铁链。1532 年日内瓦民族英雄、圣维克多修道院院长博尼瓦因主张日内瓦独立，被铁链锁在第五根柱子上达四年之久，直到 1536 年 3 月 29 日瑞士人攻占古堡后，才把他释放。诗人拜伦在长诗《石墉的囚徒》中讲述了一个悲壮的故事：博尼瓦和他的两个弟弟一起被关在这里，却分别被锁在了不同的柱子上，相望着却不能相互碰触。两个弟弟都先后死在他的面前……第三根柱子上还镌刻着拜伦的亲笔签名。

走出古堡，正值夕阳如火。沿着来路往回走，走几步便回身望望。绕过那个大弯，回到刚才最初望见古堡之处，舍不得就这样离开，于是找一张长椅坐下。仍是湛蓝的天、碧绿的湖、晶莹的雪山，但是夕阳中的古堡通体金黄，那一身的沧桑似乎已化成了一篇童话……

日内瓦与伯尔尼

一大早离开蒙特勒,坐车去洛桑,然后换车去日内瓦。

临离开前还带着面包干粮赶到湖边,希望能够再会一会前一天见到的天鹅一家子。天下着小雨。铸久眼力好,老远就说有天鹅正往这边游。再过一会儿,果然见到一对天鹅朝我们游来。虽然不是昨天那一家,但也好,我们快速地把手里的面包掰碎扔下去,然后背上包急急忙忙地去赶火车。

到日内瓦后,先找到站外的旅游咨询处,要了日内瓦地图,再请教:"我们打算在这里呆两小时,请问该去哪里?"里面的人眼都直了:"才两小时?"

伯尔尼风景

不过还是在我们的图上画了记号,指点我们过桥去旧城区。于是在两个小时内,我们过桥,穿过新区的时髦街道,转了旧城,看了教堂,登高望了城市全景;还在一个摊贩云集的市场打包了两个人的午餐,下雨,到处湿漉漉的,便寻到一家公寓门前有棚的台阶上坐着吃。总之是做了好多事。

站在桥头四顾,一个巨大的水柱冲天而起,这是日内瓦的标志性景点:一个140米高的喷泉;细雨蒙蒙,湖里有天鹅、野鸭在游;这里还是日内瓦湖,尽管是大城市,水依然很清。虽说整体气势远不如布拉格,但作为一个后来才发展起来的繁华大城,日内瓦新得有节制,不张扬,也使人感到挺舒服的。

伯尔尼是瑞士的首都。我们印象中的一国之都,都是高楼、大街,不绝的车流和人群。可是这里简直就像是一个依山傍水的小镇。

离开伯尔尼的那天早晨

伯尔尼的旧城规模不大，但是十分美丽，几条石块铺成的不宽的老街，两旁整齐地排列着五层左右的中世纪的楼房，有着长长的窗户，底层则为高大的骑楼。浅土黄色的基调，感觉上不像布拉格和维也纳的建筑那样气派，而是比较内敛与质朴。阿勒河（Aare）成n字形环绕而过，两岸绿荫遍布。

那天是星期六，下午三四点钟吧，街上人非常多。仔细一看，发现绝大多数都穿着摩托车手的服装，无论是街边咖啡馆里坐着的还是在路上走着的。这才想起车站旅游咨询处的人曾告诉我们，今天将有示威游行，那么就是他们了？

三三两两走着的摩托车手们渐渐地汇成人流，往同一方向行进。我们觉得好玩，也跟着走，途中铸久去问一旁站着的女警察为什么游行，答是摩托车手为抗议政府对他们速度的限制而要在今晚举行示威游行。妙的是，走着走着，居然有摩托车手来问我们队伍去哪里，我们告诉他刚才警察说是要去山上，比跑马场更远的地方，具体的我们就不知道了。他想了想，决定也去找一个警察来问。

人越聚越多，小小的街道上一切车辆都停驶了。我爬到路旁的大石上照相，队伍里一些人就冲我欢呼。我们抓住一个人问共有多少人参加，他的回答是明天才知道。想了半天才明白过来：明天才知道，是因为新闻媒体会报道共有多少人参加吧？

就我们跟一路的感觉，摩托车手的大军似乎超过了10万人。其中还有不少小孩子跟着，也穿着统一的服装，是跟大人们来玩的吧？天热，他们的服装太厚了，很多人都只半披着。

走到主街尽头的Nydeggbrücke桥，桥上不少人都在眺望着阿勒河两边的美丽景色。我们也停步，趴到桥栏杆上。真的是好美啊！小雨初霁，河水却还能这样的碧绿，是一路行来所看到的最美最清纯的一条河，还有河两岸绿树丛掩映着的红瓦白墙……一旁的摩托车手在感叹："多美啊！"看来他们也不是伯尔尼人。

队伍还是源源不断地过来，我们又跟着走，这下就上了山了。山上有个玫瑰园，里面各类玫瑰姹紫嫣红，开得十分娇艳，据说共有200多个品种。

从这里眺望到的伯尔尼市全景非常美丽，即使从高处看，也全然没有大都市的"风采"，只是大自然怀抱里的一个小小的城镇。这次旅行，我们看见瑞士与奥地利的山区农村，人与自然和谐相处，已经赞羡不已，没想到伯尔尼更进一步，身为一个富裕国家的首都，却是如此贴近自然、顺应自然。可见"文明"、"发展"、"先进"这些词汇，不一定就是指林立的摩天大楼、时髦的商业中心等，至少伯尔尼有着完全不同的诠释。相比之下，我们更认可伯尔尼的表达方式和精神内涵。

走了有一个多小时了吧？走过一片很大的跑马场，可是队伍还是丝毫没有停步的迹象，我们决定回头了。逆着人流可不好走，速度很慢。终于回到了市中心的旧城区，街上空空的，似乎全城的人都去了山上。奇怪，怎么会有那么多人骑摩托呢？我们能够想出来的唯一解释是：与其说是示威，莫若说是一次自发的狂欢，所以人人脸上都是笑容，兴高采烈的；所以一路上随时会有一伙一伙的人脱队，去路边的咖啡馆、餐厅、啤酒屋里坐着，吃饱喝足了才跟上队伍继续走。

夜半梦醒，街上一片笑语喧哗。不用说，是大队人马回来了！

第二天清早离开伯尔尼，街上行人很少。石块铺成的街道清洁无比，昨天那么多人浩浩荡荡地走过，居然没有留下一丝痕迹。

伯尔尼游行的人们

意大利 梵蒂冈

威尼斯

　　火车走着走着，突然就发现周围全是水，我们的车就像行驶在一个大湖里。当然，这儿可不是湖，是海！威尼斯整个城市就建在突出于大海的泻湖之上。我们的车在碧波中继续走了15分钟，到达了威尼斯的大门——圣塔露其亚（Stazione S.Lucia）车站。

　　一出站就觉出了这里的不同——人多，站里站外熙熙攘攘的全是人，拥挤着，流动着。正是傍晚时分，我们还以为是上下班的人流呢。后来才发现，威尼斯哪儿哪儿都挤满了人，当然大多是游客。

　　只打算住一晚上，因此就在车站旁找旅馆。威尼斯的住宿很贵，车站前的旅馆相对于别处还算便宜。我们问了好几家，最后找到的这家，在小街的尽头。房间不大，一张大双人床，一个在威尼斯常见的长长的百叶窗，把房间里的光线弄得暗暗的。

　　放下东西就又走回车站广场。这里有水上巴士的大站。我们买了两张10.5欧元的24小时通用票，随即跳上了一艘就要出发的水上巴士。

　　威尼斯由12个小岛组成，总共有378座小桥、大桥和418条小河。这里没有车，船是唯一的交通工具，很多人家的后门都拴着一条小船，就如同农村和城市的住宅外拴着一匹马、停着一辆车。一条呈S形的长约3800米的大运河（Grand Canal）将城市一分为二，水上巴士（Vaporetto）在河上来来往往。

　　船上乘客也很多，我们挤到船尾站着。铸久向一旁的老人打听这船是否去圣马可广场，老人家不仅给了我们肯定的答复，而且从此当起了我们的导游，一路指点我们看那些有名的建筑物，声音、神情里满满的都是对这座城市的热爱。长年累月面对如潮水般涌来的游客，难得他老人家还能有这样的心情为游人指路、解说，如果不是太爱这座城市，那几乎是不可能的。

　　运河两岸，展开着两幅欧洲中世纪的油画——沿岸排列着造型风格各异的各种建筑物，典雅、气派，宛若露天的建筑博物馆，而更重要的是它们都是站在水里的呀！傍晚的阳光照在水面上，闪烁着细细碎碎的光芒。

著名的圣马可广场(Piazza San Marco)位于威尼斯市区南缘,紧邻威尼斯大运河与圣马可运河(Canal di San Marco)的汇流处,是威尼斯的政治、文化和宗教中心,广场呈长方形,其北、西、南三面环绕着同样风格的有着长长的廊柱的建筑物,非常壮观,底层被辟为店铺,有好几家著名的咖啡馆,每家的门前都摆了许多露天咖啡座,有乐队在演奏着意大利名曲。广场东面就是此处名称之由来——圣马可(San Marco)大教堂。夕阳的余晖照在教堂正面的雕饰及圆顶上,一片灿烂的金黄。

广场上一群一群的都是游人,但是比人更多的是鸽子,黑压压的一片;好多人在喂鸽子,其中有一个5岁左右的小男孩,每抛撒一次手里的鸽粮,就要高兴地大叫一声,自己再蹦跳一下,十分可爱。

广场不远处便是叹息桥(Ponte dei Sospiri)。它是一条连接总督宫内法院和一河之隔的监狱石门的封闭式桥梁,当年被判有罪者被押解着通过此桥进入监狱,走到这里,他们透过小小的窗户最后望一眼外面的世界时,都会

圣马可教堂

在圣马可广场上

叹息桥

情不自禁地发出叹息，这就是此桥名称的由来。很多人都排队在这里照相，我们没有去凑热闹，转身又走回广场去。

天渐渐地暗下来了，广场上亮起了灯，三面的建筑上一排排灯火连成一条直线，更显出它们的气势。

夜色里的圣马可广场依然热闹非凡。我们又去坐了一程水上巴士，然后随意下船，在威尼斯的小巷里穿过来穿过去地走了很久。离开圣马可广场和大运河，人就少多了。在石块铺成的小巷路上走着，两旁是高高的老楼，有着和我们旅馆房间一模一样的长长的百叶窗；底楼的门窗总是紧紧地闭着。楼与楼的距离非常近，两边一开窗似乎就可以握手。弯曲的小路不时引领我们走过一条条的小河、一座座的小桥。经常觉得已经走到头了，却又"楼回路转"，在小桥边、高楼旁又找到一条窄窄的小路……有一次差点儿跟着一位夜归的女士走到她家里去了，眼看着她停在一扇门前，往手提包里摸钥匙，我们赶快止步，正想表示歉意，她却微笑着示意我们那边才是出路,看来已是见怪不怪了。

第二天上午,我们又去坐水上巴士。这次是沿着威尼斯城的外围走。外海风急浪高,我们所坐的船颠簸不已。望远处桅杆林立,停着大大小小的船只,原来外围是威尼斯水城的港口。我们绕城走了大半圈,一直坐到了外岛。绕回城里后,又去坐沿着大运河走的1号巴士。

除了这些当地人也利用的水上巴士外,有一种专载游客的船非常有名——贡多拉,是只有威尼斯才有的造型独特的小船,船体为柳叶形,两头尖尖翘起,有船夫撑着长长的竹篙。乘坐贡多拉的价格很贵。旅游手册及游记里常常说:"不坐贡多拉,就等于没有到过威尼斯。"但我们认为这句话里商业炒作的味道太浓。的确,有月的夜晚,坐着贡多拉穿行在威尼斯的大小河道里,身后英俊的船夫在唱着歌……这真的很美。但那还是太"游客"了。实际上,我们在威尼斯的30个小时内,只看见两条载着游客的贡多拉在河道里行驶,其它一片一片的都停着,系在木桩上。我们戏称贡多拉为"戆多了"。

下午4点,我们走进面向圣马可广场的弗洛里昂咖啡馆(Caffè Florian)。

威尼斯大运河

这是威尼斯最古老最有名的咖啡馆,创建于1720年,现在店堂内的陈设还保留着19世纪初期的样子,古典而优雅。据说拜伦、歌德当年便是这里的常客。我们倚窗而坐,望出去可见圣马可大教堂美丽的圆顶。刚坐定不久,窗外的乐队便开始演奏。都是《我的太阳》、《圣塔露其亚》之类的意大利名曲,还有铸久喜爱的电影《教父》的主题曲。消费了5欧元一杯的咖啡(还附送一杯水),我们就听了两小时的美妙音乐,真是很划算。

晚上,踏着小巷的石板路往车站方向走,要搭夜车离开威尼斯。天空是一轮圆月,倒映在小河的流水中。我们喜欢这样在无人的小巷里走。大运河周围固然美,但是人太多了,再美丽的景色也经不住摩肩接踵的人群冲击,这会使她们失去风采。况且这时候在威尼斯还是淡季呢,我们真是很难想象到了旺季会怎样。威尼斯是美丽而浪漫的,可游客实在太多了。虽然自己也是其中的一分子,但总是希望能够避开人潮。我们俩决定,如果有一天能够再来,一定要选在冬天,那时候一定能够更好地领会水城威尼斯的特殊魅力吧。

威尼斯大运河

翡冷翠（佛罗伦萨）

花之圣母大教堂

从米兰再坐上车，3小时后到达佛罗伦萨。

佛罗伦萨，意大利原文是"Firenze"，过去曾经译作"翡冷翠"，现在的"佛罗伦萨"似乎是由英文发音过来的。相比之下，我们更喜欢"翡冷翠"这个名字，美丽而富于诗意。那么，在我的文章里，就这样来称呼她吧。

到翡冷翠是下午。出站时被一个矮个男子拉住，要给我们介绍旅馆。先介绍的饭店是70欧元带洗手间和早餐的，我们说贵，他就又摸出另一家的介绍资料，说是可以40欧元，但是不带早餐，而且卫生间共用。我们拿了他的地址，决定边走边问一下，看有没有更物美价廉的。出站往左（书上说这里都是便宜旅社），一路走，一路问过去。我们到达某个旅馆的大门口时，正好有人出来，于是我们稀里糊涂地进去了。没想到进去后麻烦才开始：我们背着行囊在楼梯上爬上爬下的，就是找不到。看到有三个女孩从一扇门里出来，连忙问她们旅馆在哪里，没想到她们的回答是：你们要找哪一家？看我们不解其意，她们笑着说，这里有三家呢！

原来，意大利的许多饭店、宾馆是将古老的大楼里面装修（外观保持不动）后改成的，以租给大批涌来的游客。很多大楼由于有好几个主人，所以也就辟为几个不同的旅馆。而且大门口装着大铁门、对讲机，你必须按下你所要去的旅馆的按钮，等里面开门了才能进去。

问了几家发现都挺贵的，于是决定去车站那个人介绍给我们的地方。找到后，发现也是和另外一家在同一幢楼里，而且是普通的居民楼，我们所住的旅馆只占了一层楼面。接待处的人说已经接到电话了，就办了入住手续。结果等我们晚上回来，下午在车站见的那矮个男子赫然站在柜台里边。原来饭店是他的，他去车站拉客人的时候就托别人看门。

晚上去吃了一顿中餐。中午在火车上吃了生火腿夹面包和冰的桃汁后，两个人都有点肚子疼。结果一顿中餐下去，立刻都好了。看来这个中国胃是没法改的了。其实我们俩都不挑食，吃什么都很香。但还是中餐吃下去胃里暖暖的，有一种放心的感觉。

吃住都解决后，我们去看翡冷翠。

花之圣母大教堂（Duomo）曾经是翡冷翠共和国宗教的中心，从1296年开始，花了175年方才建成，约能容纳3万人。有着一个被形容为"像山一样"的

俯瞰翡冷翠

雄伟的大圆屋顶。

　　望过去的第一眼就惊呆了：整座建筑的墙面是由白、粉、绿三色大理石按几何图形镶嵌而成的，美丽非凡。在翡冷翠逗留的两天里，我们有四五次走到这里吧？每回站在教堂前，就总是不厌地举头细细看她墙上的花纹图案，每回都有新的发现。望着她，心中有着一份感动和惊喜，仿佛童年的梦想就在这一瞬间实现了。我第一次发现，原来雄伟和美丽是可以并存的。

　　翡冷翠也有许多小巷，两旁都是高高的围墙。窄窄的街道纵横交错，宛如一个大迷宫（欧洲的街道多为放射形），铸久一向方向感很好，但晚上还是在翡冷翠迷了路，走来走去走不出那一片老巷子。

花之圣母大教堂

圣十字教堂

翡冷翠的第二天，我们走到了阿诺（Arno）河边，不远处就是著名的韦奇奥桥。这是阿诺河上最古老的一座桥。13世纪时桥上全是皮革店和肉店，臭气熏天。因为此桥离皮蒂宫很近，所以1593年拆去了市场，建起了与宫殿相称的珠宝店，一直沿用至今。我们从桥上走过，可能是对购物毫无兴趣的缘故吧，只觉得那些商店乱乱的，实在看不出美感来。下了桥，沿河走几步后再回头看，怎么都是一种楼上（桥上）加楼棚户区的味道。但是，当我们沿着河一路向东走，走远了再回头时，奇迹发生了：还是那座桥，但是，楼上加楼的感觉没有了，也不觉得乱乱的了，而是一个协调的整体，和其它很多意大利古老的建筑一样，显出美丽而柔和的金黄。看来，美的欣赏，有时是需要距离的。

翡冷翠的东南地区是个绿树成荫的山丘。我们一路向上走，翡冷翠的全景便慢慢地呈现在我们眼前。半山腰处有个花园，散落地放着几张长椅。我们在长椅上坐下，眺望远处的翡冷翠街景，旁边是一个荷花池。天蓝极了，飘着几朵白云，阳光灿烂。我们不知不觉睡着了，梦中有阵阵花香。

继续向上，最后目标是米开朗基罗广场。广场中央挺立着青铜塑的米开朗基罗的大卫像。虽然是复制品，但也很威武挺拔、英气勃勃。四周都是供眺望翡冷翠全景的平台。放眼望去，整个翡冷翠风情无限：远远近近一片又一片的红色屋顶、金黄墙壁，一直延续到天际；蓝天里是教堂的圆顶和尖塔；阿诺河蜿蜒流过，还有河上那几座古桥……

这一路行来，发现欧洲城市绝大多数都有一个统一的基调，特别是像布拉格、海德堡、伯尔尼和翡冷翠，整座城市的各类建筑虽然建造的年代不同，其风格各异，但是总体色调和谐一致，因此望去协调而美丽，不像很多亚洲城市，各建各的，同一时代的建筑物尚且各刷各的颜色，望去乱七八糟的。我们最恨那些刷着各种不同的艳丽颜色的建筑物挤在一块，有时看了连眼睛都痛。

所以我们认为，一座城市的整体景观，是要由每一栋个体的楼来承担的，不是我想盖什么样的房屋盖起来就成的。每一座建筑，都必须为整个城市的景观负责，当然，这需要一个统一的规划，需要政府部门的重视和监督。

那不勒斯与庞贝古城

那不勒斯是意大利南部最大的城市,一座被丘陵环绕的山城,南面濒海,是个天然良港。

那不勒斯的名字,来源于希腊文的"新城市"(Neapolis)一词,古希腊人受这里美丽的自然环境和温暖的气候吸引,于公元前7世纪来到这里。公元前4世纪时那不勒斯受古罗马的统治,后来又相继被德国、法国、西班牙等国家所占领。融合与吸收了这些外来民族的特点,那不勒斯形成了它独特的文化。

出那不勒斯火车站,我们立刻看到迥异于其它城市的景象——满街的红灯笼啊!在翡冷翠和威尼斯,红灯笼是中国餐馆的标志,可这里怎么会有这么多的中餐馆呢?一路看过去,才发现绝大多数都是中国商社,里边什么都

庞贝古城遗迹

有：服装、箱包、饰物、鞋子，还有很多一看就是从中国来的摆设品和小玩意儿，想是做批发生意的吧。

等我们再看到繁华大街上名牌店里那些漂亮的服饰和鞋包时，不禁疑惑起来：意大利这些领先世界潮流的漂亮服饰，会不会也有是从挂着红灯笼的中国商社里来的呢？

中午在满是红灯笼的街上找了好一阵子，就是没有看见正在营业的中餐馆，于是在一个街角的一家专卖比萨的餐馆，找了张凉棚下的桌子坐下。那不勒斯是意大利比萨的发源地，果然不同凡响，这个坐满当地人的小小的餐馆，就有近20种比萨。看不懂贴在墙上的菜单上的意大利文，也说不通英文（大概是很少有游客上他们的店），就跟着服务生进了厨房，指着堆着的菜确定比萨的种类，开冰箱拿啤酒，全部自己动手。两个人吃了一张大比萨后仍意犹未尽，就再点另一种来吃。不是供应游客的地方到底不同，比萨美味且价格便宜，两张大比萨加一瓶啤

庞贝古城遗迹

意大利/那不勒斯与庞贝古城

那不勒斯的
努奥波城堡

庞贝古城的露天剧场

酒还不到10欧元。服务生也极热情,我们正边吃边看地图时,来了一个稍懂英语的男孩,非要给我们指一指路,好像不请他讲一讲就对不起他似的。

挥手告别了这些热情的意大利人,我们沿着他们指引的道路,去看了旧城区、王宫、市民广场等,然后一直走到海边。

据说那不勒斯港被誉为世界三大美港之一。我们坐在海边,眺望着东面雄伟的维苏威火山。海风拂面,夕阳西下,我们看维苏威火山上的白云渐渐转红,又慢慢地淡了下去,心中喜悦安宁。

庞贝古城离那不勒斯不远,坐国铁的区间车大约30分钟。

公元79年8月24日,维苏威火山爆发,整个庞贝城在一瞬间被埋在了火山灰下——距今已经有1900多年了。

出站,迎面是一座洁白的教堂,高塔上的十字架直指蓝天。

国铁车站在遗迹东边,古城的后方。我们从古城遗迹的后门进去。进门来,是一条长长的坡道,像是要避开遗迹似的绕着走。浓荫覆盖着路左的古城遗迹;一旁篱笆上的红色玫瑰开得鲜艳无比,一丛即有数百朵;鸟叫得正欢——而我,心里紧张:这次要去的地方可是不同呵!

先到了露天剧场,介绍上说可以容纳12 000人。我们爬上高高的看台,在那儿坐了好久,望着下面一群群的中小学生在那里奔跑跳跃。然后再去看户外体育场。不大的庞贝城拥有三个剧场、一个体育场,可见当时的人们是如何重视艺术和精神方面的生活。大浴场也很精彩,那么早就懂得了洗澡的重要,真是难得。

我们先看了很多住宅,觉得相当不错,没想到这些仅仅是平民住宅,后来进了市中心,看到那些挂着"某某之家"的牌子的住宅,庭院里矗立着白石圆柱,地下用小瓷砖拼成动物、花卉等各类图案,墙上更是画着许多壁画,其中有一种名为"庞贝红"的红褐色调的湿绘壁画极为美丽,据说以现在的技术也不能再现这种颜色;主要商业街上的酒馆里,摆放着装蜂蜜和葡萄酒的大缸,临街的柜台的侧面,还开着刚好可以放入零钱的小口。一切的一切都说明被埋在火山灰下面的是怎样一个繁华美丽的城市。

中午的烈日下,吹过热热的、寂寂的风,卷起许多细尘,我们好几次被吹眯了眼。是两千年前的火山灰吹进了我们的眼么?这样美丽的一座城,一夜之间被火山灰覆盖,一切都消失了。无论每一个个体生命是快乐还是悲伤,在那一瞬间,都被更大的命运所压倒。望着眼前这些街道、房屋和神殿的遗迹,总觉得这一切不像是真的:人类群体怎么会就这样同时毁灭于一瞬呢?只留下这些遗迹,任凭千年后的我们来到这里,来面对千年前的石柱……

从庞贝古城眺望维苏威火山

罗马

罗马是这次旅程的最后一站,也是我们此行最想到的地方,计划住4个晚上。

旅舍仍然找在火车站附近,因为车站周围几条街上都是便宜的饭店。后来发现我们的决定正确,因为车站旁交通方便,罗马仅有的两条地铁都通过这里,另外,还是许多巴士的起点站。意大利五月的阳光十分猛烈,中午我

罗马的老房子

们回饭店睡一个午觉，然后再重新出动。欧洲的日照时间较长，往往到晚上九点钟天还亮着呢！

罗马火车站的名字特鲁米尼（Termini）的意思就是终点站。它是一座根据墨索里尼的构思，用大量的大理石和玻璃建成的明亮的现代化车站，十分宏伟。

永恒的都城罗马，是在台伯河的七座山丘上发展起来的。它建国于公元前6世纪，当时即形成了真正的城市生态。正如巴黎和塞纳河、伦敦与泰晤士河的深厚渊源一样，罗马的历史与台伯河是不可分割的。台伯河上罗马的中心部有一座提贝里纳岛，便是罗马最初建城的地方。

公元前6世纪末，罗马成立了共和政体。随后，逐渐征服了邻近地区。罗马每征服一个地方，就建立一条军用大道通往这个地区，这些殖民地不久之后便也发展为城市。罗马与这样的城市及其它一些自古以来就存在的城市分别签订条约实行统治，即所谓的"分而治之"。罗马城市国家在其它自治国家之上，作为城市联盟的盟主进行统治的传统，直到罗马的统治扩大到地中海全部区域后仍然存在着。在古罗马的历史上，罗马城不仅仅是罗马帝国的首都，而且它创建了罗马帝国。

公元前2世纪起，罗马开始大规模地兴建大型厅堂和神庙，到公元2世纪进入城市建设的高峰期。这时建成的宏伟建筑中有维纳斯罗马神庙以及万神殿等。公元3世纪初，为抵御外族入侵，罗马城的四周建起了长18公里的防御性城墙，将这座世界上独一无二的壮丽辉煌的城市围了起来。我们在火车接近罗马时就看到很多古罗马的城墙，虽然保存不完整，但是从保留下来的部分仍可以推想当年的宏伟气魄。

罗马的大门和西班牙台阶

一早出门,去特鲁米尼车站坐公共汽车,因为有巴黎的印象,觉得坐公共汽车可以看风景,是最佳选择。选了80路公共汽车,没想到罗马不是巴黎,首先是车很挤,座位又硬,空气非常不好,闷热,容易中暑;其次,不像塞纳河,公共汽车开过去一路都是风景,罗马的公共汽车走的大多是居民区,啥都看不见。而且因为没有公共汽车图,我们很快就找不到方向了。于是,一小时后,我们从"终点又回到起点",回到了 Termini 车站,重新去找地铁。

地铁分红、蓝两线,我们坐上红线,第4站到 Flaminio 人民广场。太阳

西班牙广场

开始大起来了。我们望了望广场方向,决定略过这一处,直接穿过勃鲁格泽公园奔西班牙广场。公园在高处,走了半天,在一处瞭望台往下望时,突然发现下面的圆形广场像极了书上所描述的人民广场——原来那就是人民广场!

既来之,则去之吧。于是我们就寻了下山的路,去看罗马的大门。

在还没有铁路的年代,旅行者从弗拉米尼亚大街走来,通过一道名为人民之门的大门,再穿过人民广场进入罗马城,是惯例。这条路,歌德、拜伦、济慈都曾经走过。广场中央有一座24米高的方尖碑,周围守护着的是狮子喷泉。我们跑到碑下台座的阴凉处和别的旅游者一起坐了一会儿。

然后走向西班牙广场。

《罗马假日》是我最喜欢的电影之一,看了有三四遍了吧?一直想来看一看奥黛丽·赫本吃冰淇淋的地方(可以的话也吃上一个)。

等到我们眼前突然出现了西班牙台阶和后面教堂的两座尖塔时,我大大地吃了一惊——高高的台阶上,密密麻麻地坐了那么多的人啊!我们还觉得威尼斯人多呢,可这里可以说是罗马游人密度最高的地方了,简直连走上去都困难,可见好电影的影响力有多大。

铸久拒绝去登台阶,我只好一个人从人堆里挤上去。台阶上《罗马假日》里奥黛丽·赫本坐着吃冰淇淋的地方现在摆着很多盆花草。据说现在已经禁止在台阶上吃冰淇淋了。已经有太多的人在这里吃过了。可以想象,如果此刻坐在台阶上的游客人手一个冰淇淋的话,那场面一定壮观无比。

圆形大竞技场

圆形大竞技场

从地铁口出来,两人还在说话,完全没有心理准备的时候,陡然迎面出现了那个在电影里、照片上见过无数次的巨大的圆形建筑物。我完全呆住了。晴空下那巨大的黑色剪影给我们以极大的震撼。

大竞技场是公元72年起由4万名战俘用8年时间建起来的宏伟建筑,整个建筑物呈椭圆形,占地面积共2万平方米,最大直径为188米,最小直径156米。建造时用了10万立方米的石料和用来连接条石的300吨铁钉。约50米高的外围墙是用砖石砌成的三层石柱拱廊,底层有80个大型拱门作为出入口,观众从大拱门进入竞技场内,再通过拱廊下的160个小拱门到达相应的席位。阶梯式座位最多能同时容纳7万名观众。

大竞技场中央是一个椭圆形的角斗场,长约86米,最宽处为63米,是斗兽、竞技、赛马、歌舞、阅兵和进行模拟战争的场所。竞技场的地下亦建造了复杂的设施,表演开始时,通过升降装置将角斗士和动物送到地面的舞台上。这一切,都是在两千年前建造的。

这些都是资料上的介绍。历经两千年风霜雨雪的侵蚀和多次天灾人祸的破坏,现在的竞技场内部,已经完全看不到这些奇妙精巧的装置了,角斗士与猛兽生死搏斗的舞台和罗马市民贵族的坐席都已破败不堪,过去藏在地面下的那些墙体,此时都暴露在了晴空下。沟沟壑壑里埋藏着当年的辉煌。

我们在竞技场外的流动书摊上,买到一本好玩的书——《罗马——过去与现在》,中文的。书里都是罗马最著名的古建筑。打开书,左边的一页是文字介绍,右边是图片,可以对照着看。有意思的是,右页的古建筑照片上,覆着一层塑料薄膜,薄膜上,将古建筑的残缺部分补印齐全了,所以,覆着薄膜看,是想象中

圆形大竞技场

圆形大竞技场

这座古建筑当年的整齐模样,掀开薄膜,就看到它今天的样子了。

覆着薄膜,圆形大竞技场完全是电影《角斗士》里看到的那个宏伟精致的模样,但实际上,高高的围墙已经残缺不全,尽管仍有着冲天的气势。

据记载,竞技场建成后,经常举行角斗士的角斗表演(电影《角斗士》讲的就是那时候的故事),直到公元438年才废除了这一残忍的表演项目,但是斗兽竞技表演却一直延续到公元523年才废除(有一次举行斗兽表演时,场内同时放入100头狮子,吼声震天)。

我没有看过西班牙斗牛,也不会去看,我觉得那实在太残酷了。更何况在这里,相互残杀的是人,活生生的人啊!总有一方要死去,而活下来的角斗士,等待着他的又是下一场的角斗,直到鲜血流尽……那是怎样一种残酷的场面啊!

我们在竞技场里的庇荫处坐了好久。看游人来来往往,望着这座在人类建筑史上留下浓彩的辉煌建筑,真的很难把它和野蛮、血腥联系在一起。两千年来的风吹雨淋,已经过滤了一切……

一个黄昏,我们又走到圆形大竞技场外面。夕阳里,竞技场保存最完整的那一堵墙整面金黄,非常美丽。她的身影,那样清晰而真实地印在如洗的碧空里,却又是那样的不真实,那是完全不属于人间的东西。

梵蒂冈

坐64路公共汽车在台伯河边的帕里奥广场下车,沿着河走上几步,便是装饰着很多美丽雕像的圣天使桥。过了桥,迎面伫立着的圆形建筑物是圣天使城堡。据说公元590年罗马发生瘟疫时,城堡顶上出现了用剑驱散瘟疫的天使,不久瘟疫消失,人民生活安乐,圣天使堡因此得名。

从圣天使堡门口向左,便是一条笔直的协和大道,一直通往圣彼得广场。我们到得早,路上还没什么游人。宽阔的大道上非常干净,不像罗马火车站旁的一些街道那样堆满了垃圾袋。也是,这里已经不是意大利了。

梵蒂冈占地44万平方米,是世界上最小的国家。教宗是国家的上峰,也是天主教会的领袖和罗马主教。梵蒂冈城市国家是教宗的实际领地(包括圣彼得广场、圣彼得教堂、柱廊和梵蒂冈城墙以内的区域)。

圣彼得广场集中了各个时代的精华,是由贝尔尼尼设计,于1667年建成的。

圣彼得大教堂内部

圣天使堡

广场两边各有一弯围成半圆形的长廊,其设计理念为:一对手臂似的柱廊,慈母般地拥抱着天主教徒,坚定其信仰;拥抱异教徒,将其纳入教会之中;拥抱非教徒,使其受真正信仰之启迪……廊下有4列、共284根白色圆柱,十分壮观。

圣彼得大教堂(Piazza San Pietro)位于广场的西南面,是世界上最大的教堂之一。它拥有悠久而辉煌的历史——教堂最初是由君士坦丁大帝在圣彼得墓地上修建的,公元326年落成。16世纪,教皇朱利奥二世决定重建,并于1506年动工。在长达120年的重建过程中,意大利最优秀的建筑师布拉曼特、米开朗基罗、德拉·波尔塔和卡洛·马泰尔相继主持过设计和施工,直到1626年11月18日才正式宣告落成。

圣彼得大教堂为长方形,整栋建筑呈现出一个十字架的结构,造型传统而神圣。它全部由白色大理石建成,正面为文艺复兴式和巴洛克式的风格。教堂那个洁白而美丽的圆顶是米开朗基罗设计并监造的。

走进教堂,我们简直是呆了:这是一个多么巨大壮观的空间啊!无论是教堂的穹顶还是天花板,或者四周的墙壁,都满满地画着壁画、镶着雕饰,并且有着许许多多的雕塑,这些都是文艺复兴时期大师们的杰作!其实由于这一路看了太多的教堂,所以见到教堂已经不兴奋了。但意大利却是不同,无论是米兰的圆顶大教堂,还是翡冷翠的花之圣母大教堂,其内部都俨然是一个艺术的殿堂,看得我们如醉如痴,更不用说这个用1800年的时光建起来的圣彼得大教堂了。

我们在米开朗基罗青年时期的杰作——大理石雕塑《母爱》前站了很久。怀抱着基督瘫软无力的躯体的圣母面容年轻,表情安适,并没有显露出悲痛欲绝的样子，但却是那样强烈地打动着我们的心。

梵蒂冈博物馆是我们这一路进的第二个博物馆（在翡冷翠时本想进著名的乌菲兹博物馆的，结果那天正好是休息日，不开门），第一个是大英博物馆。虽然我们很愿意看那些著名的绘画和雕塑，但是一看就是几个小时，实在太累了。我们俩本质上都是喜欢在阳光下、夜色里自由自在地走路，或者在一个美丽的打动我们的地方一坐就是半天的人，所以也就暂且略过博物馆这一节，并且互相安慰道：这次时间紧，下次来时再多去博物馆吧！

但是，时间再少，梵蒂冈博物馆总是要去的，因为我们太想看由米开朗基罗装饰的西斯廷教堂了。

门口排着长长的队伍，咬牙跟了上去。前后左右竟然都是成群结队的意大利人，老先生、老太太居多，一个个都兴高采烈的。

终于轮到我们进去了。以为进到里边后人一走散，就会空一点的，谁知自从一进门，眼前就永远是拥挤的人群，总是夹在前后大批旅行团的中间，在有的展室，前面的人如果不挪步我们就也休想动弹半分。我们身后不远处有一对年轻夫妇还推着一辆童车，车里一岁多点的小小婴孩憋得脸色通红，啼哭不已。铸久对他们说，应该把孩子带到空气好一点的地方。那个年轻的父亲将孩子抱出来，举在头顶，果然止住了娃娃的哭声。

就这样一步一挪地，我们看了拉斐尔等好多文艺复兴时期的大师的绘画和雕塑杰作。最后跟着人流来到了著名的西斯廷教堂。

这里人更多，但是我们已经很有经验了——进门先看两边墙根底下，果然就有两排凳子。挤过去守在旁边，一有人站起离开便马上过去坐下，这样就可以安心地欣赏那些旷世杰作了。

教堂穹顶的面积为800平方米，绘有世界上最重要的组画之一——米开朗基罗的伟大杰作，所表现的主题为基督到来前的人类史。它们的创作时间始于1508年，1512年在西斯廷教堂举行了庄严的落成仪式。窄小的空间里画着表情、动作各异的大量人物，令我们惊叹不已的是这些人像有凸现的立体感，一点儿也不像画上去的，怎么看都像是彩色的雕塑悬挂在天顶上，而且栩栩如生，仿佛呼之欲出。看久了，似乎同好几个人物的眼神都有交流的感觉。

其中最有名的便是那幅《创世纪》组画中的《创造亚当》，由上帝和亚当的手臂在接触的瞬间的画面构成。上帝身披粉红绸袍，由天使们托着；亚当则体魄健美，侧卧在绿色岩石上。据说上帝和亚当的形象来自同一底图，这正符合《圣经》所言："上帝按自己的形象造人……"

仰首观看，没多久就觉得脖子酸痛不已。遥想当年，四载的漫长时光里，米开朗基罗一直仰着头在这天顶上画着他的杰作，那是怎样辛苦而壮烈的劳作啊！

正面墙上是米开朗基罗的大型壁画《最后的审判》，画面显示了在最后的审判到来时各类人物的命运和归属，表达了降临给人类的天命之不可抗拒的主题。以前也曾在书里看到过这幅巨作的图片，但是如果不是亲眼看到，我们永远不能想象它的震撼力有多大。

就这样，我们在闷热拥挤、人声鼎沸的西斯廷教堂里坚守"岗位"（座位）达一小时，却还是看不完全墙上、穹顶上那些气势恢弘的大画。走出梵蒂冈博物馆时，感觉比走了一整天的路还累，但是心里十分满足。

圣彼得大教堂

罗马和废墟

我们从侧面进入威尼斯广场。走到广场中央的草坪处，仰望维克多·埃曼纽尔二世纪念堂，黄昏的光线柔和地照在那个通体洁白的巨大建筑物上，很壮美。不过心里有些疑惑：怎么这样新啊？再读手上的资料才知，它是为纪念意大利统一，于1911年修建完成的——果然是罗马建筑中的小辈。

这是一座新古典式的建筑物，在它的上部，16根圆柱围成一个漂亮的弧形；中部的平台上，不管日晒雨淋，总有两名军人纹丝不动地守护着无名战士墓。

登上纪念堂旁边一段高高的台阶，顶上是一个圣母教堂。夕阳照耀着的罗马市街呈现在我们的眼前。趴在教堂前侧的围墙上往一边看，那里是米开朗基罗设计的美丽的埃皮多里奥广场。

突然看见不远处有几根石柱，半堵残墙和数堆乱石碎砖。是废墟，可是，掩不住它们冲天的气势。连忙去翻书：原来这里是罗马广场遗迹，是古罗马的心脏地带，市民生活的中心。罗马最早的皇帝奥古斯都大帝就将其中的帕拉蒂诺山丘建成了一处宏伟壮丽的皇家宫殿群。

这里曾有元老院、大会堂、演讲台，还有维纳斯神庙、罗莫洛神庙、恺撒神庙等。而现在我们只能凭着这些废墟来遥想当年的辉煌了。这一点上我们感慨意大利人做得好，是废墟就是废墟，任凭当年最气派最重要的农业神的萨图尔诺农神殿仅剩下八根圆形石柱，为纪念贵族与平民之间修好的和平神庙只留有光秃秃的庙墩基座，还有那维纳斯神庙、米利亚殿堂、恺撒神庙，也都化作一堆堆的乱石碎砖。他们不去清理，也不去整修，更不去试图在废墟上恢复和重现古罗马的壮丽辉煌，只是造了一圈墙（还建了几个瞭望台供人凭吊），将这些残破然而辉煌壮丽的废墟全部围起来，而且是在地价昂贵的罗马市中心。不管周围如何车水马龙地喧闹，偌大的一片地里安静极了，只有落日的余晖染红石柱……

这次在欧洲，让我们感慨多多的一件事是：对于旧的建筑他们尽量用旧材料去修补，并且"修旧如旧"，这样才是真正的维修和保护，才能将这些建筑的神韵传达给现在的我们。到了罗马，才发现他们做得更好。保留着废墟的原来模样，才是真正地保留了历史，保留了文明，也保留了美。

望着罗马广场的大片废墟,仿佛在看着一页页古罗马的历史在眼前翻过。古人已逝,古代的历史亦俱往矣,但是遗迹和废墟记载着昔日的辉煌,拥有那些残旧、破败的废墟,也就等于在一个方面拥有了自己民族完整的历史。反之亦然。联想起我们的重修圆明园,以及许许多多的古建筑,都是用鲜艳的色彩上下修缮一新,不禁叹息不已。修成这样,就已经不是原来的宝贝了。听说政府有意在北京再修城墙,也许是好事,但那毕竟不再是原来的城墙了,新的总是新的,古迹一旦被破坏,就再也找不回来了。

四年前,我去摩洛哥旅行了一个星期,回来就总念叨:连非洲国家的一个山中小城,都知道完全保留旧城区,而在旁边选地方再盖新城,慢慢地发展,我们国家为什么总是一上来就先大拆一番呢?千百年来,我们拆掉了多少富有地方特色和悠久历史的建筑啊!现在政府号召开发大西北,真希望能够有一个整体的规划和措施,在保护好富有当地色彩的建筑的基础上进行开发,当然,同样重要的是保护好生态环境。

在罗马的几天里,每到黄昏,我们便跑到罗马广场来,找一处可以眺望的平台,一待就是很久,总也不厌地望着眼前这些石柱、石块。夕阳映照着帕拉蒂诺山上的一片翠绿,是千年来刻骨寂寞的风景啊!

罗马广场的废墟

罗马广场的废墟

其实，罗马的废墟不仅仅是在罗马广场一处，整个罗马城简直就是一个废墟的世界。我们在罗马大街小巷走着的时候，到处可以看见拔地而起的石柱、残破斑斓的宫殿、倾斜崩塌的砖墙石壁，以及缺臂少腿的雕像，甚至仅仅是一块大石，几堆碎砖……在它们旁边，或有绿树鲜花交相辉映，或有大道宽阔车水马龙，也或有民房教堂各自相安——我们看到有一座砖石砌的古老的教堂（教堂里正在举行婚礼），感觉上应该有几百年的历史了吧，但是教堂的一面砖墙巧妙地和半截巨大的花岗岩石柱砌在了一起，那石柱的历史恐怕就要逾千年了，千年的石柱就这样成了百年砖墙的一部分……

大多数废墟都在罗马市区的中心，而且完好地保存在显眼醒目之处。它们是罗马人的宝贝，也是全人类的珍贵财富。

我们都觉得，把罗马安排成我们这次旅行的最后一站简直是太正确了，拥有古老而辉煌的历史和深厚的文化底蕴的罗马，伟大的罗马为我们的欧洲之行画上了一个完美的句号。

结束语

飞行了整整12个小时后,我们到达了换机地——日本东京。广播里的话总算能够听懂了,不像听了三个星期的德文、法文和意大利文,仔细听半天顶多能抓住个地名。感觉上有一半回了家。

再飞两小时后,终于抵达了首尔仁川机场。想到今晚可以睡在自己的床上,而不用付钱(也不用讨价还价);可以吃自己做的中国菜和米饭,再加韩国泡菜,不必再吃面包夹火腿(或者什么都不夹),顿时有种安心的感觉。

回家的地铁上昏昏欲睡,但一到家就醒了。关了近一个月的家已是灰天灰地。两个人忙着吸尘抹灰,给植物浇水。再收拾完自己,就骑上自行车去了棋院。李昌镐和刘昌赫今天下霸王战,我们去时已经结束,只看见安祚永、尹盛铉等六七个棋手围着昌镐在复盘。这一下,彻底就回来了,那26天的欧洲之行突然就变得非常遥远,遥远得就像一个梦。

晚上,泡一杯中国茶,将数码相机连上电脑,于是,100多张照片将那个美好的旅途又拉回到了我们的眼前……

2003年5月背包走欧洲总行程

1日　　飞日本。

2日　　飞英国伦敦。当地时间下午4点20分到。

3日　　伦敦市内游览。

4日　　剑桥。

5日　　上午,温莎堡。下午,飞荷兰阿姆斯特丹。

6日　　看郁金香,下午骑自行车游览阿姆斯特丹市区。

7日　　坐9点04分快车往德国科隆,看科隆大教堂。然后换乘12点17分开往科布伦茨的火车。到后赶往码头,坐上2点出发的莱茵河游船。沿途看了很多古城堡。晚7点50分下船,到附近的一个小城美因茨住。

8日　　先到法兰克福(顺路),将背包存在列车总站。然后坐车去海德堡。晚上再返回法兰克福,坐晚11点37分的卧铺车去捷克首都布拉格(Praha)。

9日　　晨8点50分抵达布拉格。

10日　　还在布拉格。晚上看芭蕾舞。

11日　　坐上午10点08分开往维也纳的火车,下午三点多到达。

12日　　维也纳。晚上看芭蕾舞。

13日　　维也纳。晚上看歌剧。

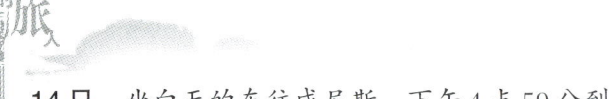

14日　坐白天的车往威尼斯，下午4点59分到。

15日　威尼斯。晚上坐10点43分的卧铺车往瑞士蒙特勒（日内瓦湖边的一个小城）。

16日　早晨8点到。日内瓦湖太美了，远处则是阿尔卑斯山的雪峰。去看了著名的石墉古堡（Château de Chillon）。

17日　坐车去日内瓦，游览日内瓦旧城区两小时。然后坐12点半的车去伯尔尼（瑞士首都）。两点多到达。下午游览。不可想象一个国家的首都会如此安静清洁。

18日　上午坐10点04分的火车往米兰。一路上真是风景如画，雪山，森林，草场，民居……让人舍不得移开眼睛。1点50分到，下车便直奔地铁站，2点15分已经站在了米兰大教堂前。壮观！可惜前面在修，挡着布。3点50分即重新坐上火车往佛罗伦萨。6点45分到。

19日　还是住佛罗伦萨。也很喜欢这个城市。

20日　坐早晨8点42分的车去那不勒斯（意大利文Napoli，也译作拿波里）。那不勒斯是个海港城市，挺美的，但是太脏乱了。

21日　坐半个小时火车到庞贝古城遗迹（Pompei）。再回那不勒斯坐3点36分的车去我们的最后一站——罗马。5点33分到。

22日　罗马，人民广场、西班牙广场等。

23日　罗马，圆形大竞技场等。

24日　罗马，梵蒂冈博物馆等。

25日　乘12点25分飞往东京的航班。告别罗马。

26日　东京时间早晨7点20分左右到东京。换乘9点50分飞首尔的飞机。下午2点45分到家。

罗马广场的废墟

2 行走在壮丽的美国西部大地

2004年11月中旬，我们俩和朋友吉小冬在旧金山会合，准备一起驾车走一走美国西部的国家公园。

吉兄是我们的好朋友，他身材高大，为人爽朗慷慨，从他身上，可以遥想其祖父——著名的爱国将领吉鸿昌将军的豪迈风采。2002年，我们去云南时，经朋友陈哲介绍得以相识，并一见如故。那时，他在云南大理的苍山上经营索道，我们在他那里一住就是好多天，尽享大理的秀丽风光和美食。

2004年初，韩国的国手战决赛五番胜负的第一局，受吉兄所邀，放在了大理苍山，李昌镐、崔哲翰在美丽的苍山上留下了精彩的棋谱。同年的中秋节前，大理感通索道公司又举办了第二届苍山围棋节，请来了吴清源老师、林海峰老师、曹熏铉老师——濑越一门会合在苍山脚下。

除了大理和大理的周边，吉兄还带我们去了丽江、泸沽湖、香格里拉等地。他喜欢摄影，拍出来的风光照片美不胜收。于是我们相约到美国去，让他好好地拍一下那里的西部风光。

我们这一趟走了11天，跨美国4个州：加利福尼亚、内华达、犹他和亚利桑那；经过的美国国家公园有：优胜美地国家公园（Yosemite National Park）、国王谷和红杉国家公园（Kings Canyon & Sequoia National Park）、锡安国家公园（Zion National Park、布莱斯峡谷国家公园（Bryce Canyon National Park）、殿礁国家公园（Capitol Reef National Park）、拱石国家公园（Aches National Park）、大峡谷国家公园（Grand Canyon National Park）和北加州的度假胜地泰浩湖（Lake Tahoe）；驻扎过的城市有：洛杉矶、拉斯维加斯。总行程为3000英里（约4827.8公里）。

美国西部

2 行走在壮丽的美国西部大地

优胜美地国家公园(Yosemite Nation Park)

"当雾沉沉的天空被雨水洗清以后,整个西雅拉(Sierra)山区像一条长城从原野上升起,层嶂彩叠,像是数不清被拉长的彩虹条!"这是当年环境保护先驱苏格兰自然学家约翰·缪尔对于地处加利福尼亚东沿西雅拉山区的描绘。

优胜美地国家公园正是这些"彩虹条"上最亮丽的一段。她位于加州中部内华达山脉的西麓,占地面积达3080平方公里,是美国国家公园里最负盛名、景色最优美的公园之一。

从网上查到的资料说:西雅拉山区的地质历史可以追溯到5亿年以前。当时这里是一片汪洋。在太平洋地块和美洲大陆地块的撞击下,海底沉积的沙石因为地壳的上升而露出海面,而地心的熔岩也随之上升,形成坚硬的火层岩。这两种土质在地壳不同位置所受到的不等张力和压力影响下,扭曲并上升,再加上冰川、熔岩和雨雪的冲刷和侵蚀,形成了复杂的地形。

这里海拔高度从600米一直到3966米，有巨大的岩石、挺拔的峭壁，有幽深的峡谷、壮丽的雪山，也有大片的树林、辽阔的草场，还有美丽的湖泊、清亮的溪流，以及岩壁间的飞瀑、水畔的白沙、路旁的野花……

　　我们在中午时分进入优胜美地谷地。迎面但见巨石壁立，虽是枯水季节，但是岩壁上依然挂着条条水流。内华达山脉顶峰的冰雪融化后，便形成无数大大小小的瀑布，令山谷内的湖泊更加美丽，湖泊旁的草木也愈发葱茏。据说其中的优

黄昏时分

秋意

优胜美地的狼

小松鼠也来吃午饭

林中午餐

秋意

胜美地瀑布高739米,是北美落差最大的瀑布,在世界范围内排名第三。

在林立的山峰中,最震撼人的是"酋长石",一个由谷底的马赛河畔拔地而起,垂直向上高达1099米的花岗石岩壁,表面几乎是光滑的。这是世界上最高的不间断陡崖之一,向来是攀岩爱好者们的宝地。

我们来到一处小溪边。是那样清亮的水啊!水中央有着细致的白色沙滩;秋正深,溪旁的树木在碧蓝的天空里涂出鲜明浓郁的黄色来;而远景,依然是那奇伟的山峰……

跨过架在溪水上的木桥,一路向纵深行去。周围是大片大片半枯的茅草,一直铺到远处的山际……

黄昏来临,夕阳照在酋长石上方,显出一片灿烂的金黄。

离开优胜美地时夜色已浓。正在看地图时,一头狼来到我们车旁,在夜色中与我们对视良久……

国王谷和红杉国家公园（Kings Canyon & Sequoia National Park）

从优胜美地国家公园向南，两小时左右的车程，即到达国王谷和红杉国家公园。它们虽然是两个不同的公园，但是因为紧紧挨在一起，所以一般人总是当作一个来看。我也是回来后看资料才发现的。

一大早，在山路上就看见了云海，阳光照在汹涌翻滚着的白色波浪上，十分美丽。

国王谷气势宏伟，山腰里劈出一条弯弯曲曲的公路来，我们的车就在上面奔跑，一旁绵延地呈现出雄峻的山岭和幽深的峡谷来。

红杉国家公园成立于1890年。这里的看点自然是红杉林啦。生长在西雅拉地区的红杉英文名为Giant Sequoia，树皮呈棕红色，树干极粗。据说这种树只有在

Hume Lake

山景

早晨的云海

内华达山脉西部才有,大部分在海拔5000到7000英尺(约1524米至2133.6米)的地方生长,树龄可长达3000年。

我们的车沿着盘山公路往下走了一段,两边开始出现了红杉树,渐渐地树林越来越密,光线也暗下来了——那么多古老的红杉啊,高而挺拔,沉默而坚强,那该见证了人间多少的沧桑!

到了这里,在惊叹自然与生命的神奇的同时,不禁感慨美国对于自然保护所下的工夫。你看,路修得这么好,但是丝毫不妨碍红杉林的生长。路旁有一些枯树,也就那样由它们或倒地或站立着。

出红杉林后,我们的车拐进了一条小路,目标是一个高山湖——Hume Lake。

湖并不大,但是风景极美。湖水澄澈而宁静,倒映着深绿色的树影;远

Hume Lake　　　　红杉林

山景　　　　Hume Lake

处是雪山；湖对岸有一片白沙，上面的树像是罩着一团淡黄的烟雾；一段枯木从我的脚下直伸进碧蓝的湖水里去。

　　湖边有从南加州圣地亚哥来的墨西哥裔一家子在钓鱼。我坐在湖畔的长椅上，太阳暖暖地照在身上。真想哪里都不去了，就在这里对着美景一直坐下去，在阳光里。

洛杉矶和拉斯维加斯

离开红杉国家公园,当晚到洛杉矶住宿。

洛杉矶是大城市,本不在吉兄这个摄影发烧友的射程之内。我们来这里,是因为我们的另一位好朋友詹永仁兄和他的洛杉矶华人围棋俱乐部在等着我们。

铸久第一次访美是在1987年,那时候就认识了詹兄。后来,詹兄作为台湾围棋代表团的一员,也多次访问中国大陆。再后来,铸久到美国教棋,詹兄一直在各方面指点、帮助他。在我们的感觉里,他就像一个宽厚、慈祥的大哥哥,总是在那里默默地关心着我们,只要有求,他必应。

进城时已是万家灯火。辗转找到俱乐部所在的Shopping Mall,停车,上二楼。满满的一室都是棋友。像我们以前来时一样,照例先被拉去美餐一顿。然后回到俱乐部,和棋友们下棋。很多朋友都是老相识了,我们边下,旁边

Mirage 前的火山爆发

观战的棋友就边打趣上阵的几位,欢声笑语一片。詹兄喜欢下棋,但是从来不和我们下,每次总是安排一两个小孩子上来,说,这是他新教的学生。

棋会结束,我们跟上一直在旁边等着的朋友朱跃奇,去他家里住。

跃奇和铸久是一对气味相投的朋友,互相做着令对方羡慕不已的工作——职业牌手和职业棋手。跃奇来美国读博士,后来成了一名职业牌手,打得相当好。但是他超级喜欢下棋,平时总是挂在清风网上厮杀。而我们家的这一位,又巨喜欢打牌,平时有空就上poker网去"拼搏"。他俩一见面,就有说不完的话。

第二天一大早,告别跃奇,走15号公路奔拉斯维加斯(Las Vegas)。詹兄另外开车去,说好在酒店会合。

途中接了先出发的詹兄好几个电话,说是前方有雾有雪,嘱我们开车小心。

下午4点左右抵达拉斯维加斯,住的酒店叫Bally's。这是詹兄的大本营,我们每次跟他来都住在这里。

拉斯维加斯在人们的想象中,似乎仅仅是和灯红酒绿、纸醉金迷等等名词连在一起;或者就是一个个用尽各种手段把赌客兜里的钱都给掏出来的赌场的聚集地。而实际上,拉斯维加斯是一个在沙漠上建立起来的绿洲、一个多功能的度假胜地。在这里,每个人都可以找到他喜欢做的事情。可以去观光——拉斯维加斯大道(Strip)上的每家酒店都有一个主题,如罗马、巴黎、威尼斯、热带雨林、阿拉丁——看Mirage门前的火山爆发、金银岛酒店的海盗与官兵作战的人物秀……可以去购物,这里有许许多多的名牌商店。可以去酒店的室外游泳池泡着,周围是高高的椰子树,衬着蓝天白云。可以去看各个酒店的特色表演——Mirage 的是真正的老虎上台,白色的;Bally's 的歌舞是百老汇风格的,Bellagio 的则很现代……也有各种美食,全世界的料理在这里都可以找到。当然,你也可以去赌,但这是在公平的、公开的规则上的赌。赌场灯火通明,庄家不用手段,靠的是赌上的概率。赌不赌,全在于自己,没有人来抢钱。

在拉斯维加斯的三天里,我们几个基本是分头行动。詹兄掷骰子,他玩得大,是这家 Bally's 的老主顾了;铸久去打牌,hold'em,类似梭哈的一种牌局,在美国非常流行;吉兄在拉斯维加斯的街上转悠,拍照,据说有一次摸到一个超高层停车场的楼顶,想拍拉斯维加斯全景,结果被保安请了下去;我呢,第一天晚上和吉兄做伴,在街上大拍了一场之后,冻感冒了,后面就狂睡了两天。到最后一天才好起来,终于可以去我心爱之地——美丽湖酒店（Bellagio Hotel）前面的音乐喷泉那里,伏着栏杆,在动人心魄的音乐声中,看那排排水柱冲天而起……

到了吃饭时间,四个人就聚在一起,去吃大餐。自助餐（buffet）、高级牛排馆、中餐海鲜,一样一样换过去吃。这一切,都是詹兄埋单。

锡安国家公园（Zion National Park）

我们在日落前赶到锡安国家公园（Zion National Park）。

锡安，位于犹他州西南方，占地229平方英里（约593.1平方公里）。

网上的资料说：Zion是希伯来语，意为神圣的安详之地，是19世纪60年代到此开垦的摩门教徒命名的。峡谷内许多著名的大石的名字也和《圣经》息息相关。其实早在公元前5000年，此地就有人类的踪迹了。公元前500年到公元1200年之间，印第安Anasazi和Femont文明进入此地农耕，最后虽因环境因素而离开，但是南Paiutes族却继续在此地耕种，直到数百年后白人到来。1909年Mukuntuweap国家纪念地成立，

晨光里的锡安

锡安的奇山异石

黄昏的锡安

林间鹿群

晨光里的锡安

并在1918年更名为锡安,1919年成为国家公园。

我们从西口进入公园。正是黄昏,夕阳将天边的奇岩峻石染成一片金黄,渐渐地变红、变暗,最终天地间苍茫一片。

我们的车沿着9号公路向东走,路上经过一个长长的山洞。这是一条建于悬崖峭壁之上的隧道,长达数英里,是美国所有国家公园里最长的。它完工于1930年,可以说是工程学上的奇迹。

钻出山洞,便看见深蓝色的天幕上一轮圆月挂在冷峻的山凹处。

当晚宿于公园西口外的小镇。

第二天一早再进公园,Zion那壁立的险峰在我们眼前一层层地展开来,雄伟、挺拔、险峻、奇诡,其色泽多为红褐,也有的漆黑,有的翠绿……我们的脖子都因仰望而酸痛不已。

锡安以狭窄的峡谷闻名于世。最著名的狭窄峡谷,宽度不过十多米,但纵深却达 500 米；危壁断崖，深沟狭谷令人心惊。由于地块上升时发生断裂，产生许多巨缝，再加上暴雨与山洪的强力冲刷，才逐渐形成这样险峻的断壁深谷。

山势奇绝，小溪清丽，还看到草地上有鹿群在安静地吃草——锡安真是步步是景啊！

仍然是前一晚的路线，沿着 9 号公路向东走，再出隧道时，发现我们已经接近了山顶。这一带的地形又别具特色：远近大大小小的山头，都有着一圈又一圈的纹路，有的圆润柔和如倒扣的贝壳，有的刚劲奇拔如刀砍斧削而成，令人称奇。

锡安的奇山异石

布莱斯峡谷国家公园（Bryce Canyon National Park）

离开锡安的峭壁，一路行来，广阔的原野在眼前铺展开去。

资料上说，从同属于科罗拉多高原的大峡谷到布莱斯国家公园，途中高原连续迈上五个台阶，被依次取名为巧克力崖、朱崖、白崖、灰崖、粉崖，它们一层层上升，露出30亿年前的彩色沉积层。这一带名叫大阶梯（Grand Staircase），有地质博物馆之称。而布莱斯峡谷就是大阶梯的最上一层，也就是粉崖。

确实是看见了大片彩色的高地在天边连绵不断地展开着。渐渐地，眼前出现了耸立着的大大小小形状各异的红褐色岩石——布莱斯公园就要到了。

布莱斯是犹他州南部的五个国家公园里面积最小的一个，因此景点非常集中。登上布莱斯公园的观景台，哇，好大一片红色的石林啊！不，说红色恐怕不确切，实际上这里那些高高低低的石峰的颜色以粉红居多，另外还有红褐、橘红、乳黄、粉白等多种。她们聚集在广阔的峡谷里，秀丽、挺拔，各具魅力，从眼前一直密密麻麻地排列到天边。

当地的印第安人把这些石柱叫做护都（Hoodoo），传说是由众神凝固而成，因此将布莱斯峡谷奉为圣地（Holy Land）。

布莱斯峡谷奇景

天边的彩色高地

　　而中国来的旅行者则称之为"大自然的兵马俑"。想想还真是这么回事，山谷里的大片石林，俨然就是大自然的兵马俑列队站在了神的阅兵场。

　　可能不久前刚刚下过雪吧，满坑满谷的"兵士"中很多头上都戴上了雪白的帽子，更显出一番迷人的美丽景象。

　　回来后查了资料，了解到布莱斯峡谷如此与众不同的地貌风光的来源。

　　布莱斯峡谷作为科罗拉多高原的一部分，与科罗拉多高原一样，在一亿多年前，是处于深深的海底的。但那时布莱斯一带是海底水流通道，久而久之，它淤积了很厚的沉淀物，那就是今日峡谷底层看到的灰色砂石的来源。之后，约从6000多万年前起，科罗拉多高原渐渐拱出海面。那时，布莱斯峡谷周围是河流、湖泊。又经过约2000万年的沉淀，这块区域积起了约几十米厚的或黄或红或粉红的淤积层，并最终形成了岩石。然后，科罗拉多高原继续上升，湖泊消失。而布莱斯峡谷西北一带的地面拱升更多，最终形成了科罗拉多高原上的另一高原——Paunsaugunt 高原。布莱斯峡谷就是这新高原的边缘。

而后由于雨雪作用，这 Paunsaugunt 高原的边沿不断被侵蚀、风化，冲走泥土及松软的沉淀物，形成沟渠，将那些多彩的岩石暴露出来。从而又形成更多沟渠，横竖交错，相互作用，又将新的岩石暴露出来。这些岩石经过这几千万年自然界的"刀砍斧劈"，就形成了今日这独一无二的神奇景观。

黄昏时分，夕阳的余晖照在五彩的石峰上，幻现出夺目的美丽。

黄昏在路上

布莱斯峡谷奇景

殿礁国家公园和拱石国家公园

(Capitol Reef National Park & Arches National Park)

这一天，我们走了犹他州的两个国家公园——殿礁国家公园和拱石国家公园。从早晨7:30日出至晚5:30日落，整整10个小时，我们或在车上行路看景，或下车拍照。虽然只是吃些零食，喝点饮料，却完全没有饥饿感，因为有太多美丽的风景在眼前出现，令我们沉醉。

首先，一大早就在一个风景绝美的山脊上看到了壮丽的日出，似乎预示着一天的好运。

然后，在穿越Grand Staircase-Escalante National Monument（也是一个美国国家指定名胜保护区）时，惊喜地看到两旁的山坡上都是皑皑白雪。由于完全没有人的行踪，所以连绵不断的雪原是那样的洁白、平坦、纯净和温柔。还

秋已深

拱石国家公园

有那些雪地里的白桦林,在蓝天的背景下显出如梦般的美丽。

看!铺着厚厚的白雪的山坡上,那几棵白桦树站在阳光里。风卷起漫天雪尘,在树的四周飞舞着……

从山脊下来,雪原留在了我们的车的后方,这时道路两旁出现了彩色的大地和耸立的石峰。有一处石峰非常奇特,像一名穿着曳地长裙的女子在翘首仰望远方,我称其为"美国阿诗玛";另有一处石壁前是一群天然生成的人物雕塑,总有二三十个吧,密密地排成一列。大自然真是太神奇了!

不久就到了殿礁国家公园。这是一个狭长的地带,南北长100英里(约160.9公里)以上,而东西则宽不到20英里(约32.2公里)。它的特色是那

拱石国家公园

独特的水波褶皱（Waterpocket Fold）地貌布满整个公园。这块地域原本也是海底的一部分，它们跟随科罗拉多高原一起经过几千万年的努力，从海底拱出水面，升到高原后就形成了这种波浪形的褶皱。

我们沿着 24 号路由西向东穿过公园，一路与一条小溪（Fremont River）为伴。路旁的荒漠里横卧着一堵绵延百里的大石墙，据说 100 多年前的探险者们来到这里时，震惊于这一巨大的无法逾越的天堑，于是将这里命名为暗礁（Reef），而矗立在石墙中的一块白色的巨大圆石很像美国的国会大厦，就又被称为国会大厦石（Capitol），这就是 Capitol Reef 的来历。而实际上，印第安人曾经在这溪流的沿岸生活了上千年，后来摩门教的先驱者又在此生儿育女，建立了他们的家园。

殿礁似乎比周围的一些国家公园更加荒凉，我们这一路行来，完全没有碰到别的游客。而且路也不好走，有很多地方只有四轮驱动的车才能进去。我们差一点就陷在一条不算太小的路上，而那时在周围的奇石怪峰中，深秋的树木枯草如烟如雾，美得让人心痛。

这一天最后的辉煌节目就是拱石国家公园。

从公园的南面进去，车行不久就看见一大群造型奇特的红色岩石（名为 Courthouse Towers）矗立在旷野之中。

一路行来，各类奇形怪状的红色岩石已经看了很多，本来以为会有审美疲劳了，没想到 Aches 还是令我们感到震惊。首先是它们的色彩，在随处可见的红褐

美国西部/殿礁国家公园和拱石国家公园

色里掺上一些明黄,因此这里的岩石红得十分热烈、明亮。我们的车沿着公园唯一的一条汽车路奔驰在漠漠的荒野中,道路两旁的岩石像碉堡、尖塔、锅炉……大自然的鬼斧神工又将许许多多的岩石雕刻成形态各异的人像:看,这里有三个傲慢的法官并排站着,他们的前面还蹲着一只猴子呢;那边山上则有两个古装的老人在谈话……路边、远处,站立着无数的石像,有单个的,有群像,无不以火辣明亮的色彩和奇异的造型扑入我们的眼帘。

殿礁国家公园

秋已深

其实，这些还不是 Arches 最大的看点，让我们来看一看资料吧：

拱石国家公园（Arches National Park）位于犹他州东南部，1971年11月12日成立，占地73379英亩（约297平方公里）在犹他州的五个国家公园中，面积仅大于布莱斯国家公园。

公园虽小，但园内跨度1米以上的天然石拱有两千多个，为全世界风化拱门分布最多最密的地区。除了众多的天然石拱外，还有巨大的平衡岩、尖塔岩柱、方山、孤丘及石化沙丘……无数天然奇景矗立在无边的旷野中。

1.5亿年前，这一带是内陆海，周围的沉积物不断地向下倾注于这一片洼地。后来地壳隆起，海洋消失，原本海底积存的盐分浸入岩石中，导致了这些沉积岩顺节理风化剥落，形成了名为鳍状岩（fins）的纤细岩墙。

这些纤细的垂直岩墙表面有许多节理，大自然就循着这些岩石最脆弱的地方，不断地进行风化作用，鳍状岩先是被穿成小孔，然后再扩展成大洞。根据公园管理处的界定，呈拱形的风化孔洞要达到3英尺（约0.914米），才能称为"拱门"（arch）。

下午的阳光照在那些奇妙的拱门上，灿烂极了，再衬以如洗的蓝天和远处晶莹的雪山，是怎样美丽的风景啊。

很多拱门都必须要走上很久的路才能到达，而我们没有多少时间，所以才看了几个。而跨距最长的景观拱门（Landscape Arch，306英尺〈约93.3米〉）和拱石国家公园的标志——精美拱石（Delicate Arch），就只有留待下次了。

下次？下次也许会看到一些改变吧。

公园的介绍上写着："新拱诞生，老拱消亡……你见证着一个石拱的垂暮，下次来访时它也许就不存在了……"

石拱的生命是由风霜雨雪在山体上造成小坑洼而开始的，接着透穿成洞，扩大，最后崩落，化为尘土。所以我们今天在公园里见到的一切奇景，很可能在数千年内都将会崩塌毁灭。不过，尽管老的石拱不断凋零，但新一代的石拱却又在形成之中。千年万年之后，自然的生花妙笔又会雕凿出什么样的杰作呢？

晨光里

大峡谷国家公园（Grand Canyon National Park）

早晨8点过后出发，走64号公路，进入举世闻名的美国科罗拉多大峡谷。我们到达的是南崖，还有一条路是从北面走67号公路进入，但是每年只从5月开放至10月，现在已经11月底，只有这条路可通。

其实我们三个人里，只有吉兄是第一次来，我已经是第三次了，而铸久则来

美国西部/大峡谷国家公园

过多次。尽管已多次在高处俯视,但每次仍然感受到同样强烈的震撼。

美国作家约翰·缪尔(John Muir)在1890年游历了大峡谷后写道:"不管你走过多少路,看过多少名山大川,你都会觉得大峡谷仿佛只能存在于另一个世界、另一个星球。"

确实是这样,科罗拉多大峡谷是自然界的奇迹,在这里,你会那样强烈地意识到人类在造物主面前的渺小和无助。现在我还清楚地记得,第一次来的时候(那是在北崖),当我站在一块高高的大石上俯瞰脚下横亘着的广阔深谷时,平时不算胆小也完全没有恐高症的我竟然觉得眼花足软,要慢慢地蹲到岩石后面的崖壁旁扶着坐下后,才放下心来——可见大峡谷之气势所给予我的威压与震撼。

大峡谷给人的第一印象就是"大",一望无际的峡谷山峰,连绵不断,层层叠叠,相随相拥着伸向远方;第二印象则是"深",据说连雨也下不到峡谷底,因为下到一半

时就已经被蒸发了……

在我们眼前,静静地展开着1500多米的深谷,其间是绵延起伏的朱红色山梁,科罗拉多河在山谷里蜿蜒穿行;谷底的群山中间夹着土黄色的平地,上有可供健行者走向谷地深处的小路(一直说要沿着这些路好好走一回,但是每次来都因为时间匆忙而未能如愿);平地的尽头,是一层灰黑色的峡谷,可以望见黝黑的悬崖下科罗拉多河闪烁着的波光,据说从我们站立的南崖,要走一天才能到达谷底的科罗拉多河;抬头远眺,前两次去过的北崖隐在云深处。

阳光灿烂地当头照着,峡谷里的山峰一览无余。已是深秋,峡谷间的风大极了,巨冷,我的服装的防寒准备不足,因此在有的景点就赖在车上不下去了,只看他们两人扛着器材,一次又一次地下车,奔向"最前方",然后带着满身寒气,心满意足地归来。

而我就再复习一下有关大峡谷的资料吧:

科罗拉多大峡谷全长446公里,平均宽度16公里,最深处1800米,平均深度超过1500米，总面积2724平方公里。据说它是1540年被一支远征队发现的。1919年，威尔逊总统宣布成立"大峡谷国家公园"（Grand Canyon National Park）。大峡谷山石多为红色，从谷底到顶部分布着从寒武纪到新生代各个时期的岩层，层次清晰，色调各异，并且含有各个地质年代的具有代表性生物化石，因此又被称为"活的地质史教科书"。

全长约2333公里的科罗拉多河从大峡谷的谷底流过，亿万年来，是奔流不息的河水从这片高原上切割出了大峡谷这个美丽又令人感到震撼的奇迹（也只是她所雕刻出来的许多美丽的峡谷中的一个）……

下午，告别了科罗拉多高原。

有位美国作家说，"我来这里时还是无神论者，离开时却变成虔诚的信徒了。"

虽然没有像他那样成为信徒，但是在告别大峡谷、告别科罗拉多高原之际，我的心是虔诚而悲伤的，因为，在这片辽阔寂寞而又壮丽无比的洪荒大地上，我看到了极致的美丽，我感受到了自然伟大而永恒的神力。

（大峡谷国家公园的照片由吉小冬摄）

死亡谷国家公园(Death Valley National Park)

死亡谷国家公园和泰浩湖都在加州。她们一南一北地遥遥相望,气候与风情迥异。

深秋的一个清晨,我们向死亡谷进发。沿178号公路先向西走,到达死亡谷底部,然后北上纵向切入。

朦胧的微光里,看到我们的左手边有一条宽宽的白练一路相随,待天色略明,才看清那是大片的盐碱地;再往远处望,那里横卧着与盐碱地、还有我们的道路同样走向的连绵不绝的山梁,山色暗红,顶部积着白雪;一轮圆月挂在浅蓝色的天空中。

东方微露红熹,晨光里,白雪皑皑的山头逐渐转红,山上那些暗红色的岩石显得十分瑰丽;眼前,盐碱地的水洼里闪烁着粉红色的光,如梦如幻。天空和大地一片绛紫嫣红,展现在我们面前的死亡谷日出真是惊人的美丽。

金色峡谷

金色峡谷

离开死亡谷

天完全亮时,我们到达恶水(Bad Water),它地势低于海拔282英尺(约86米),为西半球的海拔最低点。这里有一望无际的盐滩,如雪原一般的晶莹洁白;盐滩上的水洼倒映着天光山影。

据说,死亡谷是北美洲最干燥的地方,一年的平均降雨量仅1.96英寸(约4.98厘米);也是全球最热的地区之一,曾在1913年出现过华氏134度(约56.7℃)的高温。幸好现在已是深秋,又是一大早,我们都裹着自己最厚的衣服呢!

据资料记载,死亡谷形成于约300万年前,其成因是:地球重力将地壳压碎成巨大的岩块,部分岩块突起成山,部分则倾斜成谷;而到了冰河时代,排山倒海似的湖水灌入低洼地区,淹没了整个山谷;然后又经过数百万年如火焰般骄阳的酷晒、煎熬与蒸发,这个太古世纪遗留下来的大盐湖终于干涸殆尽。如今展现在我们面前的死亡谷,只留下一层层覆盖着泥浆和岩盐的堆积物,而且有将近550平方英里(约1424.5平方公里)的范围是在海平面以下。然而,尽管环境如此恶劣,这里还是有不少野生动物出没(如蜥蜴、土狼coyote)。

我们继续前行,不久就接上了190号公路,这是死亡谷的主要观景公路。

死亡谷有许多景点,我们选择了金色峡谷(Golden Canyon)和沙丘,停车。

顺着峡谷一路进去，两旁壁立的山岩大多为黄色。这就是金色峡谷名字的由来吗？走着走着，一堵巨大的红色岩石出现在我们面前，那是有名的红色大教堂（Red Cathedral）。奇妙的是，红色巨岩旁的高崖是黄色的，它前面的山脉却通体洁白，而我们所走的峡谷的碎石路则是五颜六色的（以青色居多）。大自然的调色板真是神奇。

著名的沙丘是一处来死亡谷时不可错过的地方。

离开公路，向那黄沙漫漫的沙地深处行去。靠路边的地方还有一些灌木类的植物，越往里走越少。沙丘温柔地起伏着，绵延不绝地伸展至天尽头。沙地很软，一脚踩下，会陷在沙里很深，所以那些个小小山包，看上去很和顺，爬起来可费了不少劲。在这里，我拍了一张很得意的照片：吉兄站在一个沙山上，架着他的武器（长镜头）瞄准前方，他的脚下是被风吹成波纹状的黄沙，天空似乎也有沙雾弥漫……

吉兄在沙丘上

终于进入沙丘

死亡谷日出

风突然大起来了，卷起漫天黄沙，不一会儿我们的嘴里、耳朵里就全是沙子了。最惨的是我的相机，一个变焦镜头里进了沙子，转起来吱啦吱啦地响，另一个干脆被沙子卡住，连镜头都打不开了。

沙丘随风改变着形状。阳光灿烂，飞沙走石的大漠里就只有我们三个人……

12点多出死亡谷，正午的阳光正照着寂寞的旷野，车外已是一片热浪蒸腾。

可是，没走多久，路的左边就出现了连绵的雪山，空气变得清冷了。再走，路上开始有积雪，不时可以看见铲雪车在工作。我们的车没有挂雪链，幸亏吉兄的技术好，丝毫不怵，在别的车都缓慢行驶或者停下来装雪链的时候，我们基本没有减速，甚至经过正下着雪的山梁时也是飞奔前进。

在冰天雪地里一路狂奔350英里（约563.3公里），天黑时分到达泰浩湖（Lake Tahoe）。

住湖的南岸。

美丽的泰浩湖（Lake Tahoe）

第二天，我睡了一个懒觉。但是铸久和吉兄还是出去拍日出了。回来告诉我："湛蓝的湖面上氤氲着白色的雾气，很美！"

12点左右出发，走50号公路，沿泰浩湖的南岸往西走，然后折向北，沿西岸行驶。从山上望去，雪山环抱之间的湖水清澈湛蓝，非常漂亮；湖心有一个椭圆形的小岛，岛上覆盖着积雪，雪上还站立着几棵松树，令湖水更增添了几分妩媚。

泰浩湖是全美第二深的高山湖泊（仅次于Crater Lake），她位于加州和内华达州之间，海拔6225英尺（约1897.4米），全长22英里（约35.4公里），12英里（约19.3公里）宽，并拥有72英里（约115.9公里）长的湖岸，当地的印第安人折服于她的惊人美丽，称其为"天空中的湖"。

据说，这里的降雪期有8个月之久，路上常常铺满积雪。但是，冬天再冷，湖水也不会结冰。

泰浩湖是北加州著名的度假胜地。在这里，冬天能够尽情滑雪，夏天则可以游泳、划水、打沙滩排球以及骑山地自行车等；这里有灯火辉煌的酒店、赌场和

泰浩湖的早晨

美丽的晚霞

美丽的湖光山色

林中冰雪

一流的高尔夫球场……泰浩湖还是美国人选择结婚的理想之地之中的一个，马克·吐温曾誉之为"全世界最美的地方之一"。

  而我们之所以一路奔到这里，是因为我们和吉兄有个约定。两个月前他带我们去了云南的泸沽湖。看过了清澈美丽的湖水和摩梭族的风土人情后，我们对他说，有机会一定要把美国的泸沽湖介绍给他。

  湖边的雪地上，除了高高的松林外，还有大片大片的白桦树，挺拔的树干直指蓝天。现在，几乎所有树木的树枝上，都满是洁白的积雪和晶莹的冰挂，掩映着林间的一所所红色木屋，一条铺满冰雪的小路通向林子深处，真如童话仙境一般的美丽。

3点多，到达一处湖岸，望湖水视野极好；湖畔有木质的桌凳，上面积着厚厚的雪。我们停车下来，搬下我们的做饭家什，用力蹬去桌上的积雪，煮了两锅面。热热的面汤终于使手足冰冷的我暖和了过来。在这当口，晚霞渐渐地染红了远处的雪山，湛蓝的湖水也披上了一层金黄色的光芒；不远处，积满白雪的大石旁有一个人在垂钓，那是"孤舟蓑笠翁，独钓寒江雪"的意境呢！

晚霞消失后，我们收拾好家伙。5点5分，踏上了回家的路。沿89号公路一直开往山外，然后换80号公路。一直到旧金山海湾大桥，然后上101号公路，家，就已经很近了。

美丽的湖光山色

3 日本镰仓

时间：2月4日，大雪之后
地点：镰仓
目标：圆觉寺、建长寺、小津墓

下午2:00到达了北镰仓站。是第一次来这里，可是一踏上站台，就觉得亲切。电车消失在远处的弯道之后，被两侧山峰夹着的山谷显露了出来。

衬着满山满谷洁白大雪的，是铁轨两旁暗原木色的民宅。

一下子，人仿佛走进了小津先生的黑白片中。

车站就是那个在片中出现过多次的旧旧的车站。两个站台的相连，不是靠天桥、地道，而是要走到站台的尽头，横穿铁轨。出站则是站台尽头的延伸。像极了童年时家乡的火车站。

我不禁喃喃自语：真好，真好。

同行的邵导也说：真好，真好。

日本

追寻小津安二郎、吴清源、川端康成的足迹

小津生前就住在这个小镇上,拍出了54部片子,书写了电影界的传奇。当黑泽明的电影在国际上打响之后,国际电影界的人士把目光投向日本,才惊奇地发现,原来这里还藏着一位不显山露水的大师——小津安二郎,而且已经拍了这么多的好作品。

家庭生活是大师唯一的题材。电影朴素地讲述着一个又一个普通家庭的故事:父子之情、夫妻相爱、兄弟姊妹、柴米茶饭等等。他坚信凡人的日常生活中,有值得他一生探究的宝藏。

日复一日的世俗生活,在大师谦和、淡定、从容的叙述下,如同在讲着每个人自己的故事,像是自己曾经有过或家人有过的经历。那些普通的生活和经历,在大师的镜头下,呈现出永恒的美。

看小津的电影时,常常会感到大师把生活中的场景直接搬上了银幕(而看不到作者的主观说教)。在他的作品中能看到人性的善良、柔顺、怯懦等方方面面,每次看完,很久情绪都还在片子里,这分明就是在讲自己啊。在没有"英雄主义"的片中,打动自己的是向善的愿望、生活的甜美、佛心的宽广。如果硬要说痕迹的话,那就是回绕在片中的诗一般的淡淡忧伤。

这些又好像都不是大师要说的。大师只是在不停地做着一个又一个看上去相似的电影。

甚至连男女主人公都是同样的演员,在不同的片中用着同样的名字。

一个单纯的人,做着一件单纯的事。

待到世界电影界认识到小津那内敛的天才,大师已过世多年了。

大师走后的第20年,1983年,世界电影界的另一位大师温德斯满怀敬意地来到日本,开始了自己的朝圣之旅,并拍出了《寻找小津》的纪录片。通过这部片子,西方更多人认识了小津,知道了小津的伟大。

介绍自己认识小津的就是同行的邵源导演。

在我们决定做电视剧《吴清源》的时候,邵导推荐了小津。自己听到是

黑白片，很疑虑。邵导说跟我们做的剧会有关的，要学习。补充说，他就是日本电影界的吴清源、川端康成。

1939年的日本棋界，木谷实（31岁）与吴清源（25岁）是两位巨星。《读卖新闻》推出了吸引大众的企划——擂争决斗十番棋。

《读卖新闻》为这次大赛做了很多宣传，搞了大规模的赛前结果预测，还召开了职业棋士和文人的座谈会等等，把声势造得很大。大部分人都预测，这个十番棋将是一场势均力敌的恶战；有一些人则觉得木谷稍强一些，理由是：尽管吴清源的成绩一直很好，可毕竟有一年多都在养病，远离了棋盘，而这期间木谷实把秀哉的引退棋赢了，已经成为日本棋界最耀眼的一颗明星。《读卖新闻》的正力社长则在打着自己的如意算盘，他希望这一次十番棋争夺得非常激烈，可是最后分不出胜负来，那样的话，正好可以紧接着来第二次十番棋。

经过《读卖新闻》的种种努力，排除了所有困难之后，吸引爱好者目光的十番棋大战，终于于1939年9月拉开了序幕。为了显示这个十番棋的重要性，《读卖新闻》特意把对局场安排在镰仓一带，那里有着许多著名的古老寺院。

经过一年的对决，结果出乎所有人的意料，吴清源以五比一的绝对优势，将对手打入到降级。

棋界确认了宗师级的人物。

在前六局中，有三局棋放在了圆觉寺。

第三局的观战记里，描述了当时的对局场景：

"古老的杉树下面盛开的樱花迎接着朝日，将小小的池塘照亮。两个和睦地并肩行走着的身影，落在了白鹭游曳的水面上。绝世的艺友，也是绝世的艺敌，这就是木谷和吴两位七段。……从这里走进山门，有着悠久历史的古老寺院安静幽深。……

"自古棋和禅是相通的。今天，有着清贵的僧人的面容的吴七段，从邻邦渡海来到这个国家，成为屹立着的我们棋界的一大精神支柱。

"镰仓古老的寺庙，变成了十番棋的道场，这肯定会流传到后世的。寺中的僧人们，为了这次对局，特把对局的房间改得稍微大了一些，并且挂上了苏东坡的诗——《观棋》：

> 五老峰前，白鹤遗址。
> 长松荫庭，风日清美。
> 我时独游，不逢一士。
> 谁欤棋者，户外屦二。
> 不闻人声，时闻落子。
> 纹枰坐对，谁究此味。
> 空钩意钓，岂在鲂鲤。
> 小儿近道，剥啄信指。
> 胜固欣然，败亦可喜。
> 优哉游哉，聊复尔耳。

"木谷七段在一个星期前登山后有点感冒，到昨天才好。坐在棋盘前他面容刚毅不屈。……吴七段白皙的脸上有点泛红，眼神如同蕴藏着火苗一般。……两个人继续着前面的对局。"

写这盘棋观战记的，是川端康成。

报社邀请川端康成这样著名的文学大家来写观战记，是非常高明的策略。川端本人也很乐意，因为他喜欢围棋，更喜欢看两个天才之间的对局。川端的观察非常细致，在他描写对局场所和对局过程的文章中，有一种特别柔和的感情，甚至对局双方生病都能在他的笔下显示出一种美感，如他形容木谷的面容用了"亲贵"一词，后来，他的一些说法成了被形容对象的专有名词，被其他记者不断引用。川端的文章令人产生美丽的联想，因此非常受人欢迎。

有吴清源和川端康成，想不精彩也难。

我们做电视剧《吴清源》，就是想传递这些大师的人文精神。我们有共同的精神认知，他们是俺们精神上的导师。

镰仓也因此成了大师们精神外化的地标之一。

顺着铁轨，走到车站南面的检票出口——一个小木棚前，递上票及写着小津安二郎的小本本。

我问:"请问小津安二郎先生的墓在哪里?"

票检员是位50多岁的男士:"不知道"。(用的是简语)

是不知道小津的墓在哪里呢,还是不知道小津这个人?

我再次说明:"小津导演是日本最有名的导演啊。"

票检员:"对不起,我不知道。"(语气缓和,改用了敬语)

从温德斯的《寻找小津》片中知道,小津的墓地就在他生前喜欢的镰仓。我们原想寻到那里,向大师致敬,现在看来还不知道能不能找得到。

谢过那个票检员,决定先到离车站最近的圆觉寺去看看。

步行约100多米,沿南面山势而建的圆觉寺大门出现在眼前。太阳正好出来,偏西的冬日阳光透过高高的杉树间照在大门上,庄重古朴。

邵导说:"以后就应该这个时候来拍外景。"

进入大门,左手是买票的小木屋。票价300日元。"

还是递上写着小津安二郎名字的小本本,再试试机会。

"请问小津安二郎先生的墓在哪里?"

售票的大姐:"请等等。"然后将小本本推给了旁边的一位老哥。

这位老哥取过一个字条,先写上"小津安二郎"几个汉字,然后又开始写英文,并问道:"为什么要找小津的墓啊?"

答:"小津导演是日本最有名的导演啊。"

"他的墓地就在本寺。"

啊,运气这么好!赶快问:"在哪里?怎么去?"

老哥说明后,笑眯眯地问道:"你们是哪里人?为什么要找小津先生?"

"中国人。喜欢他的电影,尊敬他。"

老哥高兴地对大姐说:"看,在中国都那么有名。"

然后又回头问我们:"那么,你们是专门为小津而来?"

我说:"是。还有,贵寺是当年日本围棋下十番棋的地方啊。"

围棋、十番棋、吴清源、木谷实,老哥是知道的,但圆觉寺是决斗场,老哥就不知道了。

十番棋赛场圆觉寺

"那是 1939 至 1940 年间的事情。"

"难怪,那时还没有我们呢。"他释然了。

那位老哥告诉我们怎样去墓地之后,俺向他述说了刚刚在车站询问时被告之"不知道小津安二郎先生"。

老哥立刻说:"那人,不学习!"

道过谢,我们沿着寺中的右侧路向墓地走去。

走上一段石阶,在路的右边有一个"开"字门和一条上山的石板路。左下的路碑上写着:洪钟道。

这就是那条通向国宝钟的路。吴清源、木谷两位大师在此下十番棋时曾想走上去,别人提醒道:下雪后路会很滑。

再向上就看到了墓园的示意图,右上写着"小津"的字样。

墓园就在路右侧,坐南向北的山坡上。整个墓园约两百多块墓地。

雪后的墓园,看不到一个人,可小路上有走过的足迹。一路向上找寻时,突然一个黝黑的"無"字碑撞入眼中。这块近2米宽、3米长的墓地,就是小津在尘世的最后居所,也是喜欢他的人来朝拜的地方。

白雪覆着墓碑,素朴、美丽。碑前插着一束鲜花,今天已经有人来过了;底座上站着一排小酒瓶,被雪埋了大半。

理理衣领,整装合掌向大师致敬。

大师不说教,却总是启发我思考人生。

俺不喝酒,因此没想到带酒,抱歉!下回带着酒再来!

沉思中,阳光忽然穿过树林照了过来。邵导说:"你和小津有缘。"

对着碑细看,一侧有汉字文,拿相机拍下来,准备给俺老伴儿看,她诗文比俺好。还有,央金文章好,不懂可以请教她。

此时,想到对吴清源、川端康成、小津安二郎,央金同俺有一样的精神认同。于是,绕回正面替她向小津施了一礼。

下去时,路过邻近的一个墓地。邵导说:"这是木下惠介啊!日本有名的导演。他也在这里啊?!"

回来一查资料,木下惠介(1912 – 1998)是日本最著名的导演之一,代表作为《二十四之瞳》等。

向大师致敬

小津墓碑局部

小津离世35年后，木下导演也来到了这里，与大师做伴。

下来后，看圆觉寺的庭园，对这里的许许多多建筑都有很熟悉的感觉，那是因为读了吴清源和木谷实十番棋的观战记。

十番棋第三局。1940年3月15日，对局第一天。

吴清源老师在生病，发着烧。周围人都感觉到了，因此木谷提议休息。这样第一天仅仅下了14手。

4月8日继续下。

续战时，工作人员来问中午订什么饭，木谷写了自己的。问到吴清源老师时，吴老师说："我搞不清要什么，就麻烦木谷先生帮我订吧。"木谷就再多写一份。

我们看到了那条通往大钟的路，因时间关系没有上去。而当年，吴清源老师和木谷老师利用中午吃饭后的休息时间，一起上去了。当时两人一起合撞了钟，听钟声在山间回响。木谷老师叹道："即使我们人类都死了，这钟还是会留下去的啊！"吴老师则是默默地注视着写着"风调雨顺、国泰民安"的对联，说，五风十雨啊。然后两人互相提醒着下了台阶，去继续下午的对局。

川端把这一情形定格在他的观战记中。

每每读到这样看似白描的文字，都忍不住喝声彩。

两位在争夺着棋界王位的大家，都是单纯的人。

"绝世的艺友，绝世的艺敌。"

这样的对手，在今天已经很难见到了。

第四局是6月12日、13日、14日三天下的，仍然在圆觉寺。

寺里有一口深井，水清冽甘甜，两位对局者都喜欢喝。

第一天晚上，12日，两人还结伴去了共同的好朋友川端康成的家。

因为第二天还要对局，他们10点刚过就回旅馆了。川端赶紧让记者给自己摆当日的对局棋谱，这一天下了61手，算是多的。封手为黑61，执黑的吴清源老师少见地用了23分钟，给大家的感觉是遇到了难题。

川端说：似乎是盘好局。

接着预测：因为近来木谷在其它棋战中连战连胜，本局吴又遇到难题，木谷有利。

当时在圆觉寺的决战，可以说是引起了各方的关注。

我们登上了一个高处的园子，有人在门口堆砌了两个雪人，一大一小，像是僧人在问答。院内在参禅，外人不得入内。

禅房都很朴实，又各有味道。

一处庭院在翻修，修旧如旧。

十番棋是每方13小时的三日决战制。

这对于棋手的身、心、技都是很大的考验。

连下两天后，脑力和身体的疲劳以及对棋局的挂念，都使棋手睡不好。幸而吴清源有他自己的一套调节办法，这个办法一是坐禅，二就是念自己喜欢的诗。

吴清源老师认为对局时棋手情绪高涨，因此容易头脑上火，在这种情况之下，水火难以保持平衡，这样就不容易休息好。在东方人

方丈室

禅房

禅房

世代相传的匠人在修复圆觉寺古建筑

的观念里是以抵制火性为主,我们宣扬谦逊就是最好的例子,火只要不让它升级为炎,就容易跟夏季的水相调和,吴清源老师经常在想这个水火如何调和。在对局觉得很累、觉得上火时,吴清源就会吟一些中国的古诗。他最喜欢的是白居易的诗,觉得特别符合在日本生活的他的心境:

蜗牛角上争何事?石火光中寄此身。

随贫随富且欢乐,不开口笑是痴人。

念上两三遍后,心就安定下来了。对于他,这是相当有效的一味清凉剂。而每当吴清源觉得自己斗志不够旺盛,没有很好的状态时,念的诗就完全是另外的意境了——文天祥的《正气歌》。

就这样,瘦弱的吴清源在三日制的棋赛中,尽管休息不好,也努力调整好自己的情绪和状态,在棋盘上尽可能地发挥出自己的水平。

1940年10月16、17、18三日,圆觉寺,决战的第六局。

这一局的胜利,使总成绩达到5比1,吴清源老师净胜四局,将木谷打到降了级,从此开始了他长达二十多年的绝对领先地位。

当时的对局室所在的禅房内挂着的是一幅字,上书一个大大的"無"字。

"蜗牛角上争何事?石火光中寄此身。随贫随富且欢乐,不开口笑是痴人。"老伴儿的签名原来是吴老师爱读的诗,喜欢!

圆觉寺

离开圆觉寺前,在大门口又碰到了那位老哥。

我说:"谢谢,我们再来。"

他说:"啊,看好了?再来啊。"

接着就听到他同一旁年岁更大的一位老哥说:"知道吗?以前围棋的十番棋是在圆觉寺下的……"

下一个想去的是建长寺。

建长寺在镰仓的寺庙中处于首位,1939年9月吴清源同木谷实的十番棋的第一局就在那里。

从圆觉寺到那里有一公里远。我们一路走去,在川端、小津当年常走的路上。

十番棋在当时的日本影响很大,关注的人很多。第一局持续到第三天傍晚仍然胜负未定。在这关键时刻,发生了一件引起大话题的事情。

可能是因为绷紧的神经稍稍松弛下来引起了贫血的缘故吧,木谷实突然出了鼻血。

第二天,观战记者三堀将写的观战记登在报上,造成的影响远远超出了棋界。这里全文引用三堀将描写这个场景的文章:

"此次对局纯属真刀实剑的血战,棋手双方无时不在殊死拼杀,这种赌命于擂台的决斗,即刻成为铭记昭和棋史的一场大战。激战到了最后一天的深夜,对局场上展现出一片阴气袭人、满地月色凄凉的景象。

"只见木谷七段的黑棋下了第157手之后,顿时鲜血从鼻孔中流出。敝人当然不解，这盘棋竟然如此令人呕心沥血！于是房内纸隔扇和玻璃门急忙被打开，建长寺对面的山上吹来一股股寒冷的夜风，在寺院禅房的四角飕飕地回荡，仿佛要将这里的一切都冻结凝固似的。

"走廊里，限用时间已剩无几的木谷七段，闷闷不乐地躺倒着，头上不停地用毛巾冷敷，并不时地叫喊：'对方考虑的时候，我也想去看看。'一时拦挡不住，他就强打硬撑地去坐到纹枰前，不过只听他说了句：'不行！'便又踉踉跄跄地回到走廊躺下。当时，对局场上人们四处乱窜，犹如热锅上的蚂蚁。然而抬头望去，昏暗的走廊对面的山上，早已经是风平月明，株株苍杉在漆黑的夜色中纹丝不动地静下来了。

"禅房里，明亮的灯光下，表情严厉的吴七段正在长考，仿佛刚才的骚乱他全都置若罔闻。不，根本就未曾入耳！在30分钟之内，他正襟危坐，纹丝不动，突然他抬起头面向天井，双目向极高处眺望，但心神却仍然贯注于盘面。刚才的骚乱发生以来吴氏始终一言不发，自黑棋第157手之后，惊慌失措的人们，水呀药呀喊个不停。然而噪音对他毫无干扰，吴氏就这样默默地思考了30分钟。真是寸心不乱。

"'吴先生，怎么样，休息一会好吗？'日本棋院的八幡干事伺机搭话问道。

"当然，八幡先生的用意很明显，若是吴氏此时下了下一手，那么限用时间仅剩9分钟的木谷实将陷入苦境。可以这样说，若是吴氏一石落下，然后再用30分钟或1个小时来休息的话，就等于赐给时间窘迫的木谷实以额外的缓兵之暇。此事便显得不公平了。正因为如此，八幡先生才考虑趁吴氏未下之际，先休息一下。

"吴氏慢吞吞地看了看左腕上的表，答道：'快点下吧，可以早一点结束。'说完，吴氏终于决然脱离思索，扬起脸向走廊那边问道：'木谷先生，怎么样？休息一下好吗？我这一手马上就要下了。'

"话音落下后，禅房内鸦雀无声，沉默中又过了几分钟。之后，脸色不佳的木谷七段，用湿毛巾将头缠住，步履蹒跚从走廊处走出来。与此同时，吴七段第158手落子，将这个大劫彻底收拾了。

"'休息吗？'木谷七段问，

"'休息吧。'吴七段颔首应道。

"于是休战20分钟。

"吴七段在侧室里继续饮茶休息。木谷七段仍要冷敷头部，便低着脑袋，摇晃着走出大彻堂，在黑暗中消失。随后，高桥四段悄悄地给我看了四个字：'胜负不明……'"

这一段报道，《读卖新闻》用巨大的黑体字加上了一个醒目的标题："木谷实鼻血，吴氏不受打扰继续长考"，加上前面所引的报道，给读者留下的印象是：吴清源全然不顾木谷身体的不适，连通常的人情都不顾，很冷血地利用这个时间来跟木谷实进行搏斗。

当时，日本处于军人执政时期、东条英机执掌内阁时代，日本的"国粹思想"、"爱国主义"等正在甚嚣尘上，各种媒体在大肆宣扬日本民族在亚洲的优越性的同时，蔑称中国人为"支那人"，甚至是"狗崽子"。连少年杂志都写什么支那人愚蠢残忍之类的文章。在这样的环境里，这篇报道引起了很大的波澜。正值中日战争期间，一部分日本人本来就对吴清源心怀很大的不满。不满来自于当时舆论不断报道日本军队一往无前，节节胜利的消息，可是在棋盘上一个中国人屹立不倒。而且，在决定谁最厉害的十番棋里面，这盘棋的结果吴清源还赢了，令他们相当愤怒，借这个机会，终于找到了证据，指责吴清源是一个非常冷血的中国人。

当时日本有个著名的时事评论人大宅壮一氏，曾以这次对局为例写了一篇《中国人是残酷的民族》的文章载于杂志，看过那篇论文的华侨，个个都非常气愤。大家都说真正残酷的是当时正在中国大陆上烧杀掠夺的日本军，他们才是没有人性的民族的代表。可是华侨们只能在私下里指责，没有人听到他们的声音。在公开场合说很危险，更不可能发表出来。

很多日本人寄信到报社，指责吴清源说："木谷实鼻血流出、异常痛苦之时，你却佯装不知，只顾自己下棋，简直太残忍了。你为什么不肯马上休息？为什么不能说几句照顾的话？你简直是个根本就不懂得'武士侠义'的惨无人道的赌棍！"

除了寄往报社的大批信件外，甚至有不少人把恐吓信寄到吴清源的家中。其中有一封还是勒索金钱的："在垃圾箱下面放上300元，否则就杀了你！"吴家把300元现金放到了门外自家的垃圾箱里，结果好几天也没人来取。

吴清源将那些恐吓信拿到濑越宪作老师那里。濑越看了，很为社会上那些人对自家弟子的指责感到痛心和难过，他为弟子担心，就去找日本棋院机关杂志《棋道》的总编安永一商量。安永认为，如果吴清源赢了这个十番棋，恐怕会有生命危险。

濑越老师本来就是容易操心的性格，这下就更担心了。对于是否应该中止这个十番棋，他考虑再三，非常苦恼。最后，他终于下了决心。濑越老师很坚定地鼓励吴清源说："即使丧失宝贵的生命，身为棋手，死在棋盘上也应该是心甘情愿、在所不辞的，振作起来继续下去吧！"这是对吴清源一生的鼓励。事实上，濑越老师也受到了很多威胁，因为所有的报道早就说了，濑越宪作是吴清源的师父，是招他来日本的人，现在又劝他继续对局。濑越老师既要保护吴清源，又必须承担让他去冒险的一切责任。在这时的濑越老师身上，体现了最真挚的追求棋道的本质。对于这件不愉快的事，他很愤怒，但是作为一名棋手，但凡受到这些事情的一点困扰，都会影响到下棋时的正常发挥。濑越老师是个棋道的追求者，尽管自己非常担心，但还是义无反顾地鼓励弟子上阵拼杀。

关于木谷实出鼻血之事，吴清源自己是这样说的：

"那时我根本不知道木谷实出了鼻血。……

"由于我的失着，本来优势的局面，立刻变为胜负不明，一下子血都涌上了头。那时我埋头绞尽脑汁地思考，周围到底发生了什么事，非但没有印象，其实是根本未曾映入眼帘。可以说，在这样重大的对局中，遇到黑白棋挤成一堆，临近终盘尚且优劣不明的局面，作为棋士，谁都会甘冒粉身碎骨之险，去心无旁骛地投入战斗的。"

后人非常钦佩吴清源的，就是在这么重大的干扰下，他是怎么置这一切于不顾，并且把自己的心态调整得那么好的？吴清源自己说道：

"可能由于我生来遇事就满不在乎，因此，对此事并非就那么耿耿于怀。我若过多伤感，那么，在艰苦的对局中就绝不可能获得胜利。我认为，我之所以能够超脱民族和国境的界限，保持冷静，临危不乱地奋战到底，都归功于我的信仰。"

在吴清源的棋士生涯中，无论多么艰苦的环境，只要坐在棋盘前，他就一心只想着棋，再多的委屈和不愉快都隐在心里，只是力求下出更好的棋局。他的对局态度，感动了很多人，如三堀将和川端康成，都很佩服吴清源的这种毅力，觉得在这个中国人身上有很多可贵的品质是值得他们学习和钦敬的，尽管他来自敌对国家，可是他身上体现了一种人类共有的人文精神。

在建长寺的大门口买了门票，日币300元。

门票的正面印着"天下禅林"四个大字。

背面有三行说明文字：

一、"天下禅林"意为"广求天下人才以培育的禅寺"；

二、西面的外门（北镰仓侧门）是我国（日本）最初的禅宗寺院；

三、"天下禅林"乃位居镰仓五山第一位的建长寺的象征之语。

建长寺

售票的小姐问我们需要哪种说明书，我说要中文的。小姐说：对不起，现在只有日文与英文的。

我选了日文。谢过之后，进门。

邵导说："这个好，光是看汉字也可蒙个大概。"

邵导询问我买票时的对话，俺用中文说了一遍。邵导说："门票便宜，圆觉寺也是这个价。而且人都挺有礼貌的，和以前吴老师他们下十番棋的时代是一样的吧。"

趁着光线好，先拍外观。

俺对着横梁结合部来一张。想起看过的一份资料，中国很多家传的木工绝活都失传了，现在要维修以前的木质建筑，只好派人到京都向日本家传的木工学习。

供着佛像的大殿前一般有一个大木箱供人放香火钱，日本的习惯通常是扔几十日币。

邵导说："实地看就是不一样。"

以俺的眼光看，电视剧《吴清源》如果能够在这样的环境中拍该多好。搭景还怕太新呢，哪有这样古朴的历史韵味。

邵导说："那要看总体投资。要是中日合拍也许就可以。建长寺的戏是一定要有的，这是十番棋的首局地。这里保护得真好！还是当年的样子，条件太好了。"

进名为"方丈"的禅房前，要先进外围的"玄关"（放鞋处），脱了鞋才能进去。玄关是近代建的，木头的颜色较新，连着旧的禅房。在房子外围廊下一圈走下来，袜底不脏。在整个参观建长寺里面的过程中，未遇到一个工作人员。

邵导说："没想到日本有大庙。"

其实俺原来也不知道镰仓有。去过京都，知道那里有很多古寺。

光线渐渐地变暗。我们往回走。

走出建长寺不久，路边再次遇到了那位圆觉寺的日本老哥。他热情地招

方丈院

围廊

呼我们:"又见面了。建长寺怎么样?"

俺答道:"好。学到了很多东西。"

老哥:"那么,辛苦了。我们再见面吧。"

答道:"谢谢了,我们会再见的。还请多关照。"

老哥:"萨药那拉!"

我同邵导不约而同地说:"萨药那拉!"

镰仓,再见。我们会再来的。

寺内的道场

方丈院门楼

4　朝鲜金刚山纪行

2005年初，第48届韩国国手战决赛五番胜负在李昌镐和崔哲翰之间打响。前面两局下完，崔哲翰以2比0领先。

在韩国，基本上所有的国内比赛都是在韩国棋院举行的。不过最近，决赛的某一盘棋放在外地甚至是外国的情况多了起来，以推动所到之处的围棋的普及和发展。这一届的国手战决赛，第三局放在了位于朝鲜境内的金刚山。

出发前，拿到一份日程表和参加人员名单，发现竟然有近160人参加这次活动。其中，除了国手战的对局者李昌镐和崔哲翰外，有历届国手头衔获得者，担任网站和报纸上棋局解说的棋手，各大报社、围棋网站、电视台的记者，韩国棋院事务局的总长、局长，围棋电视台台长，韩国女性围棋联盟的会长及会员、围棋爱好者等等。到韩国6年了，第一次看见这么多棋界方方面面的人物同时出动，可以想见朝鲜在韩国人心目中的位置。

我们两个也有幸躬逢其盛，跟着去走了一趟。

朝鲜

无奈的昌镐

2月18日

早晨8点50分，三辆大巴从韩国棋院门前出发。我们坐的是1号车，大多数棋手都在我们车上。李昌镐、崔哲翰自然不用说，还有曹薰铉老师一家（他们的两个女儿也去了）、金承俊、梁健等等。车坐得满满的，连李昌镐和崔哲翰都只能和别人一起共坐一个双人座。

金刚山位于朝鲜半岛中部，现为朝鲜领土，但是有一部分贯穿朝鲜半岛分裂的象征——非军事区。朝鲜政府最近正式公布的资料上说，金刚山为南北长约60公里，东西宽约40公里，面积达530平方公里的区域。

1998年11月，韩国现代集团峨山公司与朝鲜亚太和平委员会达成协议，启动金刚山旅游合作项目。2002年10月23日，朝鲜政府发布了将江原道高城郡金刚山地区和通川郡的部分地区设为以名胜地生态旅游为主的旅游区的政令。韩国的现代集团获得了在未来至少50年期限内租赁与开发金刚山地区的权限。

2002年11月起，现代集团为了吸引学生等团体游客，在金刚山地区温泉池附近开始建设宾馆和其他服务设施。

据说由于近年来韩国人的旅游重心转移到了金刚山，致使造访韩国自己的名山——雪岳山的游客大为减少。

首尔在三八线往南偏西的地方，而金刚山则是在靠东的海边。所以我们

海金刚

的车一路向东北方向行进。途中休息、午餐两次，中午过后，经过统一展望台，到达韩国出关处前的一家饭店，在这里作最后的休整，并会合别的一些旅行团（据后来观察，一天里韩国与朝鲜关口均只开放一回，所以各团只能会齐了一起通关）。

穿橘红色防寒夹克的导游上车，先是给大家发证。每个人都领到一个比巴掌略大的透明的硬塑料袋，穿着一根绳子，可以挂在胸前。里面装着带本人照片的身份证件（出入朝鲜用这个证件，而不是护照）。还夹有韩国海关需要的出入境登记卡，以及写着各人所在的组和本人的号码的一张卡片（后来才明白是干什么用的）。然后说了半天注意事项，并要求大家把手机交上去，由他们统一保管（因为绝对不能带进朝鲜）；再逐一检查大家的相机，确定其镜头都是按规定能够带进去的尺寸；我们带了个很小的录音机，也被缴掉了，说，只要是录音机就不准带进去（MP3倒是可以）；另外，想带摄像机或笔记本电脑一定要事先申请（我们没有申请，也就没带）。还强调在车辆移动中绝对不能拍照，也不能将相机对准朝鲜人。

乱了一阵，终于又重新出发了。下午3点到达韩国海关，大家把所有的行李拿上，一起涌入大厅，600人将整个大厅挤得满满的。通关后，上了等在铁丝网另一边的一组车。

车继续前行，拐过一个小山口，从此公路两旁全都拉着铁丝网，只是公路上的拒马移开了。往前是一条笔直的路。这里是韩国的最后一个哨所，一名背枪的韩国军人向车队微微鞠躬示意。出了韩国的大门后，车行大约500米就到了朝鲜的大门口，有三名军人守卫，以三角队形站在铁路上，都是端枪的姿势，最前面的士兵的枪上还上着刺刀。

这中间的"真空地带"就是军事分界线了。

似乎有些不真实的感觉，就像在电影里看到过的景象——隔开了同胞手足的竟然就是那么短短的500米！

几分钟后，在一座小山坡后，一队带枪的军人正等在路边，准备检查我们的车队。

这时，导游拿起麦克风说，朝鲜军人上来检查时，请大家千万不要说话，不要做什么动作，也不能笑，不能鼓掌……

军人登车后,表情严肃地从车头走向车尾,然后再转身,走向车门,下车。一车的人都静静地望着他上来下去,车肚子下面的行李箱也全部打开检查。之后,士兵们排队离开,步伐整齐地向着远处一排由集装箱改成的宿舍走去。年轻的士兵们,除了帽徽和臂章不同外,其他都像极了中国人民解放军的装束。

一进朝鲜地界,非常奇妙的是窗外的景象立刻变了:大地一片纯白,远处是连绵不断的雪山,眼前则是广阔的覆着白雪的田野,似乎一切都在雪下沉睡。在这里,时间和空间仿佛都凝固了……

拉着铁网的公路旁,不时看到有站岗的军人在默默地注视着车队,而车里的人也都安静地看着窗外,谁也不说话。

温井阁

远远的有一些村落,没有炊烟;公路的右

边是一条河，沿着河的路上有骑着自行车的村民；冰天雪地里，河旁有人在打水，一个小孩提着木桶走向远处的房子……

看到此情此景，心里觉得堵堵的，铸久说他好像回到了小时候，他家20世纪70年代初下放农村："大冬天我们去抬水回家，下过雪的路上结了冰，很滑……"

下午4点到达朝鲜的出入关口。仍然要下车，带上全部的行李通关。不同的是，我们必须按照发给我们的旅行证上的号码顺序排队过关。我是21组的29号，排在曹师母后面，我后面是铸久，30号。

前面的韩国人只要交上他们的旅行证（绿色的），朝鲜官员在上面盖个章就放行了。轮到我时，朝鲜官员还要护照看，边看边问："你是住在南边？"铸久说，看上去对方似乎很不理解为什么中国人要住在南边。轮到他时，朝鲜官员拿着他的美国护照翻来覆去地看，终于找到了一个中国签证，放心了，盖章放行。铸久个子高，看到海关人员的桌上有每个人的带照片的资料，按顺序排好的（难怪要我们按顺序排队）。

通关后，大家在海金刚饭店前等待上车。导游已经关照过，在这里，照相只能对着饭店的正面取景，绝对不能拍朝鲜的关口。很多人都去拍照，我们俩只是看着。海金刚饭店整个是建在一条大船上，有点意思，不过并不好看。

再上车，没多久就到了我们的住地——金刚山饭店。

办手续很简单，拿着发给我们的一套资料里的自己的卡片（上面有姓名等全套资料，以及所属何团队、何组与房间号码），到总台一出示，就领到了钥匙。

我们住在二楼，往另一头走就是餐厅。放下行李，洗洗脸，马上去吃饭。

餐厅不大，门外摆着长长的桌子，是自助餐。先交了餐券（在车上发的），然后排队打饭。前后队伍里都是熟悉的面孔，李昌镐当然也在排队。这一顿算是开幕式，所以还算丰盛。有鸡（类似白斩鸡的做法）、烤鱼和一些韩式蔬菜，泡菜总是有的，另外，汤不错。

就餐时有人讲话，不过整个餐厅里乱哄哄的，几乎听不清。晚来的人还没有座位（我们就已经只能坐在门口了），大概只有到隔壁的第二餐厅去吃了。

吃完，下到一楼大厅，大家都在这里转悠。大堂一侧有个酒吧，有歌手拿着麦克风在唱歌，不过唱的曲子有点闹。另一边是个卖纪念品的柜台。去细细地研究了一下商品（都是美元标价），看见酒柜里还摆着茅台呢！

大堂的正面墙上有一幅巨大的金刚山游览图。图前面竖着几块牌子，其中一块写着"欢迎H棋院国手战一行"。嗯，H棋院？旁边KBS电视台的郑先生解释说，就是韩国棋院，但是这里不能提"韩国"两字，只能代以韩国的第一个字母H。还有，也不能称朝鲜为北韩（这我们能够理解，就像韩国人也讨厌被称作南朝鲜一样）。所以，在这里就只能说"北边"、"南边"。

实在无处可去，于是想出门呼吸一口新鲜空气，正好看见一辆班车等着，一问是去温井阁的（离饭店开车5分钟，有免税店、餐厅、温泉和24小时店），就跳上去了。

司机是中国人，朝鲜族的。事实上这里的工作人员（班车司机、免税店的营业员、温井阁餐厅的领班及服务生等）都是现代公司直接从中国东北招来的。后来我们和温井阁免税店的售货小姐聊天，知道了她们的一些情况：

来之前要先交15 000元人民币的手续费，起码要干上一年才能离开。每天从早上9点工作到晚上9点，一个月270美元，包吃住。这是第一年的收入，如果干到第二年，工资会给加到每月500美元左右。但是这里工作时间长，生活单调，工资又低，很难有坚持到第二年的。我们只看见过一个做到第二年的女孩，在金刚山饭店，已经升为领班了。

问司机有没有同当地人接触，答：有，山那边很多呢。再问他们过得怎样？答：反正就是吃不饱呗！

实际上，这一路完全处于一种真空状态。道路两旁是铁丝网，每个路口都有穿着绿色军大衣的朝鲜军人站着，默默地望着我们的车辆经过。冰天雪地中，偶尔才能见到一两个骑车的身影……

那么想到朝鲜看一看的韩国人，在这里看到的，除了金刚山外，也就是大批的韩国游客了。

九龙渊

2月19日

日程表上写着:

早晨6点30分 – 7点40分,早餐。

7点40分出发,去九龙渊观光

……

密密麻麻的一张日程表,上书"国手战金刚山对局日程",却找不到任何一条写着"对局"的字样。将近160号人,庞大的阵容,绝大多数都是奔着朝鲜和金刚山去的,只是辛苦了两位对局者。

九龙渊

7点多钟去吃早饭，餐厅里赫然看见李昌镐的身影。再一想：如果他现在不吃早餐，那么7点40分以后就什么都没有了。但是我们没有看见崔哲翰。后来在网上看到记者写的采访记，说是崔爸爸替他从餐厅带回了早点。

7点40分奔下楼，大厅里全是等待出发的人群。

车先到温井阁。大家下车，去租绑在鞋上的防滑用的铁链，7美元租一副，但还的时候只退你6美元。在免税店见到曹老师一家正在买咖啡喝，看见我们就招呼过去，替我们一人叫了一杯Cappuccino，3美元一杯，比自动贩卖机的要贵多了。捧回车慢慢喝，真香！

在车上绑好了铁链，没多久车就到了我们要去的九龙渊。

网上的介绍说，九龙渊的峡谷非常秀丽。这里的名胜古迹数不胜数，曾为金刚山代表性寺院之一的"神溪寺"就坐落于此，这间由新罗法兴王（519年）修建的寺院，现因战争，除了三层石塔和浮图保留下来以外，其它已全无踪影。此外，有位于玉流洞溪谷的大石——仰止台，在台上可以观看到金刚山各种美丽的山形；又有金刚山之旅的关门——金刚门，象征着金刚之旅的正式开始；有作为金刚山第一溪谷的玉流洞，四季景色各异，特别是秋季，枫叶、瀑布与深潭和谐统一形成壮观景色；有因两个池塘相拥而立，如两颗珍珠一般而得名的莲珠潭；有半岛最长的瀑布飞凤瀑布，长达139米，她从腰部开始断成几截，顺层层石丛蹦跳下来的景象，如凤凰展翅，故得名飞凤瀑布。另外，这一景区的九龙瀑布、九龙渊和上八潭等，同样极富特色。

大雪封山，本来车可以开到较里面的一个停车场去的，现在路不通了。全体下车，沿着山道往里走。

我们走的这条路，是沿着山间的溪谷蜿蜒前行，估计在春、夏、秋三季会有十分绚丽的景象。而现在，白雪覆盖着远近的山头，覆盖着山间的小溪。天地间只有两种颜色，黑和白（以及黑白两色调成的灰），是那种纯净之极的感觉。

只有我们这一行人走在山腰间凿出的小路上。空气好得令人无法置信，没有风，比想象的要暖和多了。路上有几处瀑布，大家都停下来看、拍照。虽

九龙渊

然不觉得冷,但是瀑布的水流都结了冰,绿莹莹地挂在峭壁上。

整个行程据说共需4小时30分,但是曹老师说他上次来只用了一个半小时。不过现在是在雪地里(有很多地方都结了冰)行走,速度自然要大打折扣了。似乎前几天刚刚下过雪,有一个山头本来是能够上的,但是通向那儿的一座桥却完全被雪封上了,只好放弃。

那一段路前后,我们迎面遇上很多扛着铲雪工具的当地人,看上去像是在干完活回去的路上。

我们一路打招呼:"你们好!"但是他们大都不抬头,也不笑,只是其中有几个应着:"好!"

这条路的尽头是一个观景亭,面对着一堵峭壁,岩壁上垂下一挂凝固的瀑布。大家都挤在亭子里,仰首观望,拍照,吃东西,休息。韩国人参公社社长安定镐先生在车上塞给我们一根很大的黄瓜——咦?不是红参?——说是"北边"产的。我们拿出来,掰了一半分给女性围棋联盟的老会长,也从别人的手里接了一些零星小吃。曹老师一家也同我们差不多时间上来。

必须原路返回。于是大家又陆陆续续地往来路走。沿途还不断地有人上来。不久太阳出来了,天色开始变蓝,阳光照着雪峰;风起处,卷起一片雪尘,在阳光下闪闪烁烁地飞舞着,有着明朗的美丽。

在这一片银白的世界里,可能是气温不够低的原因吧,树枝上堆着的只是雪,不像美国的泰浩湖那样,全是晶莹的冰挂。

下了山,停车场有车等待。不像来时那样要集合了才能走,而是下来的人大致坐满一车后就拉走。

回到温井阁是1点左右。去餐厅吃饭,正在疑惑该进哪个餐厅(我手里

九龙渊

有一张午餐的餐券,在房间里发现的)时,有个领班模样的男子过来,听我们说中文,就也用中文同我们说话,告诉我们两个观光餐厅都可以进,并带我们去门口买餐券(我们还缺一张),一张10美元。

进了餐厅,看见两个大台子上摆满食物——也是自助餐。看上去琳琅满目,实际上没什么好吃的,只是汤还不错(奇怪,"北边"的汤都很不错,但是菜肴就不怎么样了)。

餐厅里的领班和服务生都是中国来的,有几个过来聊了几句。还有女服务生送来了香蕉和蛋糕(原来要自己去拿的)。

慢慢地吃着,聊着这一天来的见闻。吃饱了,去免税店买了4美元一对的木制的健身球(呈椭圆形),然后坐班车回金刚山饭店。

回到饭店时近两点。太阳正晒进我们的房间,暖暖的,很舒服。我坐在阳光里,看我们的索尼相机拍的九龙渊风景,这时,电话进来了,是事业部的老朴,想请我去下多面打,马上。

两点下到楼下大堂,我要在这里下指导棋。大堂酒吧现在就是研究室,也是公开讲解及指导棋的会场。曹老师正在作大盘讲解。原以为会有一些"北边"的棋迷来看棋,没想到无论是看大盘讲解的还是下指导棋的,都是跟过来的韩国人。也是,这是一个"真空地带",普通的朝鲜人是过不来的啊!

我下了一个六面打。结束后,加入到大厅一侧的研究阵容里,曹老师、林总长、金承俊等都在。已是昌镐回天无力的局势了。大家都在说昌镐最近状态太差,而且,到这里来,对昌镐的状态显然是雪上加霜的。

是啊!花10个小时在路上,跟一大帮棋界方方面面的头脑人物、棋手、爱好者、记者同行,还要过两次海关(虽说海关常过,但这是完全不同的过法)……能不累吗?更何况昌镐最不喜欢长途旅行,最不适应同一大帮认识但又不熟悉的人在一起。

所以我们说,这次昌镐一定是不愿意来而又不得不来,因为这160号人都指着这个活动来呢。这下我们旅行记的题目都有了,那就是:"无奈的昌镐"。

铸久在"北边"的入关处就对乌鹭围棋网站的记者说,这次恐怕要3比0了。

结果不幸而言中。没多久昌镐就认输了，0比3，被崔哲翰完封啊，简直是难以置信！我们一致认为李昌镐马上要去下的"农心杯"一定是悬了。

大家涌进饭店二楼的对局室，第一个感觉就是"冷"！似乎没有暖气，只在两位对局者的脚下各有一个电炉。复盘大约进行了45分钟，探讨布局及中盘的一些变化。

正是日落时分，窗外的雪山披上了一层金黄，然后逐渐转成淡淡的粉色，是那样的温柔，又是那样的令人感到惆怅……

晚上，在饭店旁边的一个"北边"开的小餐馆吃饭。我们同师叔曹熏铉老师一家四口坐在一起，崔哲翰和他父亲坐在旁边的桌上，昌镐则靠在远远的墙边，和金承俊等在一桌。

这个餐馆的服务员都是"北边"的姑娘，一个个都长得非常漂亮，但是几乎没有笑容。

有一道菜是烤猪肉。不大的房间里，满满地坐着几十人，却没有排风扇，一时间烟雾腾腾，只好开窗通风——真冷啊！

吃完走回饭店。这一天晚上降温了，几分钟的路，却冷得不行。眼看着还有50米就要到饭店大门了，本来灯火通明的酒店大楼突然一片黑暗。是停电了吧？

曹师母带着女儿去泡温泉（离温泉关门也就剩50分钟了），师叔说回房去。我们也摸回自己房间。仍是一片黑暗。静静地躺在地上，过了一会儿，灯突然亮了。

还是无事可干。下楼去，酒吧里有乐队和歌声，铸久建议坐坐，我不太喜欢他们唱的歌，觉得太吵。于是再出门，坐上班车去温井阁。晃了一圈，去最尽头的那个Family Mart看了看，然后再坐班车回来。9点多就躺下睡了。

海金刚 三日浦

2月20日

6点起床，6点40分去吃早餐。大厅没位置了，我们就进了右手的小餐厅。才吃几口，就见他举手向门口示意。问怎么了，答是告诉昌镐这里有位置。果然不一会儿昌镐就端着盘子过来了。大家埋头吃饭。后来我们和同桌的记者讨论起今天的观光项目，昌镐突然问我："今天几点出发？"告诉他是7点40分集合，要退房的。他又问是否带行李，我们说是。其实这些在我们出发前拿到的日程表上都写得很清楚，昌镐要么是根本没有去拿，要么是拿了也不看，根本不关心。

吃完早饭，回房收拾了一下，带上行李（我们的是一个双肩包、一个拉杆箱），下到大堂。和前一天一样，这里已经满满的都是人了。

人们一堆一堆地站着，欢声笑语一片，像一个个快乐喧闹的旋涡。忽然看见大厅中央，在旋涡与旋涡的夹缝里，昌镐一个人孤独地站着，面前竖着个黑色的拉杆箱，周围的热闹仿佛与他完全无关。

我上去问他，一起去游览吗？其实，除了"是"以外本来没准备听到什么别的回答，没想到昌镐微微一笑，指着他面前的箱子反问："还有别的选择吗？"确实，必须退房的他别无选择。我们想，如果能有一个地方让昌镐独自待着，那么他选择的一定不是参与我们这一大群闹哄哄的观光客吧？

这一天的游览项目有两个可供我们选择。一是去万物相——上山，另一是海金刚和三日浦——下海。

崔哲翰和金承俊跃跃欲试地准备上万物相，而曹老师一家、昌镐则和我们一样选择了海金刚。

我们的车也同前一天一样，先到温井阁，稍作停留（回来才想明白是要同其他旅行团会齐后一起出发）。

在车上等待时，导游忽然上车宣布，去万物相的公路被大雪封了，车开不过去，所以从这里起就要步行，请大家在鞋上套好防滑链。

别人都有，前一天对局的崔哲翰和看棋的金承俊自然没有。于是我们把我们的那两副拿给他们,并告诉他们等回来时去还,可以退钱的。

这时饭店的服务生上来,问崔哲翰是否在这里。原来,他吃了房间里放着的巧克力,现在人家追来了。好玩的是,哲翰说他没有钱,钱都在他父亲那里。于是铸久赶忙掏钱包,替他付了那3美元的账。

然后他们去万物相的组就出发了,围棋月刊的摄影记者要拍崔哲翰的照片,也跟着他们去了。

我们的第一站是海金刚。

金刚山的支脉从陆地沉入大海,而后,又猛然冲出海面,展现出一幅奇妙的海岸风景。蔚蓝的大海衬托着壮美的黑色礁石林,海浪拍打在奇岩怪石上,飞溅起雪白的浪花;更令人惊叹不已的是这样绝美的景色,竟然是以绵延的雪山为背景的,真是太奢侈了。

海金刚横跨非军事区。据说,在天气晴朗的时候,可以看到韩国的统一展望台。在面向大海左侧的礁石边,守着一位导游,不停地呼喊着:"不能再往前走了,不能往这个方向照相!"铸久眼力好,他说他看见了远处"北边"的哨所。

海金刚

我们这伙人实在太多了，一时间黑色的礁石上（只要允许上去的）密密麻麻的全是人。我们故意落在人群后面，拍了几张风景照。人一少，立刻就感受到了黑色礁石的那份沉重和冷峻，海风吹得人浑身冰凉；海浪震天。

从海金刚去三日浦大约需二十多分钟。

我们的车在广袤的原野里开着。天地间仍是一片洁白。现在，我们的1号车从车队的头变成车尾了。在道路的一个拐弯处，我们惊异地发现，一模一样的车居然有17辆！以一辆车30人计算，那么我们这一彪人马就是500人！难怪刚才在海金刚时感觉人那么多呢。还是像别的时候一样，在很多路口（尤其是通向村庄、军营和学校的路上），都有朝鲜军人笔直地站着。等车队开过了，我们回头再望，他们也都撤岗了。

第二处，也是今天的最后一处游览地，是三日浦。

三日浦，为一自然湖泊，据说是因新罗的花郎被这里的景色所陶醉，在此停留三日而得名。湖水西侧有36座山峰，湖畔松林环绕。如镜子般平静的水面上，分布着卧牛岛等四座岛屿。现在一半湖面结了冰，冰面上又覆盖着洁白的新雪，秀丽的湖光山色更有了冷艳之美。

阳光灿烂。风在空旷的湖面上盘旋。天地间仿佛有一个细细的声音在唱着无字的歌。

我们这浩浩荡荡的一大群绕着湖，或上坡或沿湖岸地走了半圈。从一处高高的观景台上下来，就看到车已经等在那里了。

回到温井阁时是12点10分。按计划要在这里解决中饭问题，然后1点踏上归途。

温井阁共有两个餐厅，均为自助餐形式，在餐厅所在的建筑物的大门口设了一个柜台卖餐券，10美元一张。想一想，500人一起奔向那个卖餐券的柜台该是怎样壮观的一个情景啊！本来韩国人是习惯排队的，但现在也不顾了，大家乱哄哄地挤作一团。想想也是，50分钟后就要出发的，能不急吗？

我们俩实在不想去挤，于是想了个急招，反身奔向另一头的24小时店（这里也已经有十来个人了），去买了两碗泡面（各1美元），续上开水，端出来，在店外

三日浦

的长椅上吃。KBS的郑先生也和我们采取了同样的行动。风大极了,我们穿着大衣,围上围巾,戴好帽子,然后埋头吃面喝汤——味道好极了!几口热汤下去,浑身都热了,真爽!

快速吃完。在温井阁的广场上散步、照相。

等大家再坐到车上等待出发时,铸久忽然发现昌镐手里居然拿着一张温井阁餐厅的餐券!我们马上想到是工作人员放在他房间里的(因为在我们自己房间里就找到过一张)。咦?难道他不知道这是可以用的,竟又花10美元去买了一张吗?我认为昌镐一定没有吃饭,因为我觉得他不会挤在那几百人中去买餐券,然后再排长龙进餐厅;他一定是在什么地方待着等出发时间的到来。这时想，如果刚才就预见到这一情况，拉他同来吃面该多好。

回韩国的路就是按来时的顺序，"倒卷帘"再来一遍。

在海金刚饭店旁"北边"的关卡前等待过关时，我们再一次被告知不能照相。过关后，大家在露天待了不少时间，等着朝鲜军人把每一辆车上上下下检查个遍，连车底下的行李箱也都一一打开。这时候，午后的阳光正照在对面的雪山上，那样的纯净与灿烂……

回到韩国棋院是晚上9点，再走10分钟路回家。

海金刚

5 生活在韩国

2007年3月30日星期五

今天天好,我们去了清溪川散步。路上我问铸久:"我也开一个帖子,把做的看的想的一些杂七杂八的东西写下来,好不好?"

"为什么?"

"多写多练啊!再说,也是一个记录。"

"可是,那上面尽职业的,你自说自话,会有人看吗?你若是希望能有多少点击率,那就趁早算了吧!"

"唉,不就是因为没有信心,所以才问你的嘛,也不给点鼓励,暖人心的话会说么?"

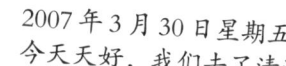

郁闷。

再讨论4月份的日程。中旬他有事要回北京,我想跟着去玩,但是他老人家指出:下旬有重要工作,要做好准备。哎,真是言简意赅啊!

失望之余提出:"我一人留着多没意思,还是把那个帖开了玩,行不?"

这才勉强点头。

于是就有了这个帖子。

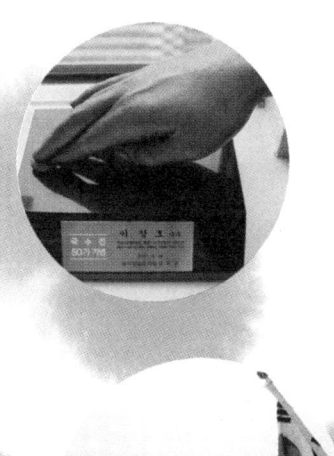

流水不争先

给自己一点写的理由：

我知道自己没学问，文笔差。小时候没作几篇文，就离开学校了。日记虽然是写的，但是出国后，晒网的日子远远多于打鱼的时候。入菜园快一个月了，种菜的热情高涨。可是种什么呢？我很佩服读一本书、一篇文章以后就能写出漂亮的读后感的那些高人。我写不出来，而且想都没有想过要去写。读后，有什么感想跟丈夫说几句就完了，然后也就忘了。

只有一点：我是真的喜欢文字。我希望通过自己的努力，能够写得好一点。比如在菜园，如果我拼命种菜，那么也许某一天会种出一两棵有意思的菜？即使不能，我也种过了。

埋头种我的菜，不要朝两边看。

再有，我还是想为我的生活留一点记录。日记是靠不住的，因为很懒；另外，工作一受挫折就更不写了。开这样一个帖子，对自己也是一个督促。

我的生活每天都差不多，我的帖子会有一些不同吗？

2007年4月1日 星期日

早晨，拉开窗帘，天空一片刺眼的银黄色。不是普通的阴天，是太阳被黄沙挡住了的感觉。去网上查天气预报，果然写着黄沙两字。再看新浪新闻，昨天的天气预报称：新疆南疆盆地、内蒙古西部、西北地区东部、华北等地还将出现沙尘天气，其中，内蒙古中西部、甘肃西部和宁夏北部等地的部分地区将有沙尘暴。

早饭后开窗透气，没10分钟，就觉得满屋沙土味。赶快去一个个关上，把家造成一个密不透风的城堡。庆幸今儿是星期天，可以躲在家里，本来打算去超市找找有无三文鱼头的，也拉倒吧。从西边刮点子风过来就这么厉害，那里的沙尘不知道多大呢。

以前，每逢这种天气，韩国人就要说，看，你们中国的沙尘暴又刮过来了。我每次都要郑重其事地纠正一下："这不是中国的，是从俄罗斯过来的。"：）今天好，周日，谁也碰不上，省得麻烦。

正打字打得热闹，忽然咚的一声，电脑屏幕全黑。还以为电脑死机了呢，却没想到是停电。不禁大喊，我还没有保存呢！打这么多字，容易么我！

没啥可说的，两个人从书房转移到客厅，他顺手拿过《多余的素材》来看，我觉得眼睛累，再说还没从刚才的打击中恢复过来，因此只是坐在沙发上，抱着一个垫子发呆。

墙上的挂钟正好走到12点，其他微波炉、烤箱、厨房用的液晶时间显示则全瞎。现代人啊，电一没有，就真是无事可做，于是提议出门走走。他说，22楼呢，你准备走下去啊？出门望望，果然电梯也停了。回来跟他说，最惨

编者注：《生活在韩国》所收文章均为作者在由陈村先生主持的网络论坛"小众菜园"上发表的日记，因此使用了一些网络语言。文中涉及的许多网名均为"小众菜园"的"菜农"。

的是在楼下等电梯的人。他说不，是坐在电梯里的人。问他电梯会悬在空中吗？他说当然，你忘了电影《你收到邮件了吗？（You've got mail?）》里的汤姆·汉克斯，不就困在电梯里了吗？这么一想，自己还算幸运的，只是没来得及把刚才打的字保存下来而已。

其实知道好多人都有丢失了未及保存的文件的经历，而我则第一次遇上。因为，来韩国快八年了，却是第一次遇到停电，难怪没有警惕性。一个人祥林嫂了一阵。

想起住在美国时，是经历过停电的。那天一早起来，发现没有电，不知道是否只是自家电路的问题，所以马上出门去看。周围的邻居家黑洞洞的，路灯也灭了。后来知道，我们这一带几条街都停电了。记得大概停了一上午的电，山景城那条主街上的餐馆都点着蜡烛营业。电停了，红绿灯也瞎。我们还专门到附近的十字路口去看。红绿灯一没有，不管多大的路口，一律自动变成停车标志。我们看到路口排了长长的车列，每条路仅一辆车驶过路口，或对开，或左转，随即轮到其右边路上的车走，同样，也只走一辆车，再轮过去，以逆时针的方向一圈一圈地转。没有警察来，但是秩序井然。

再回到我们的停电上来。15分钟以后，墙上的紧急灯亮了。这个灯我们刚搬家进来时不知道是紧急灯，怎么找也找不到开关，还要喊物业的人来修呢。我不明白为什么它不是马上亮，如果15分钟以后再亮，那还叫紧急灯吗？

发现水也停了，怎么都一块儿来啊。

22分钟之后，电梯开动了，但是家里的电还是没有来。于是两个人下楼去。外面风不是很大，但空气里明显是黄沙的味道。街上空荡荡的，本来总是在那里的那些小摊小贩也失去了踪影。买了一棵白菜就逃回来了。

回家，快1点了。电已经来了。过了10分钟，水也来了。水是要用电打上来的吗？

赶紧开电脑，想把刚才丢掉的部分，趁着还有印象快快打出来。电脑最近启动真慢，怎么回事？打开《流水不争先》，咦？怎么那一段还在啊？揉揉眼睛，还是在。我明明没有保存过嘛！使劲想，好像什么时候在哪个帖子里看过村长说要设自动保存，也许我设过了？可是我完全想不起来了。不管怎么回事，先谢谢村长！

高高兴兴地坐下来，把这一篇东西打完。

2007年4月2日 星期一

哇哈哈哈～我要回国啦！

他原定的在国内的事情，场地突然出现问题。下午，去事业部查我们的日程，幸运地发现8日的事推后到18日了。两个人商量了一下，马上飞奔回家，上msn，和北京的朋友联系。那时是4点半。5点多，回音来了：可以提前去做。立刻打电话给旅行社，订明天回北京的票。第一个说已经不卖明天的票了，第二个还差几分钟就要下班，好悬！订了南方航空汉城—北京的来回票，明天12点50分起飞，机场交钱取票。

订好国际航班，6点多了。赶紧再上携程网，订明天北京飞太原的机票，可以在北京机场取票的。订了晚上的航班，要在机场等5个小时。机场的咖啡座可以上网的。太原是他的家乡，先跟他回家住两天，看看爸爸妈妈，再转回北京，干活去。我10日在这里还有事，9日就要先回。他在北京再呆几天。

总而言之简而言之，我要回去啦！7天呢，都不用自己做饭啊！虽然现在我最想回上海——找组织去！FB去！不过只要回去就开心。

我们准备各自带上电脑。只是不知道这7天里，水是不是还流得出来。

晚上收拾行李完毕。

2007年4月3日　星期二

现在是下午2点37分，我们坐在北京机场三楼的紫悦餐厅，等着晚上7点飞太原。

靠边的桌子下面都有一个网线插口，我们两台手提在桌上摆开，讲好了轮流上网。要了两杯茶，西湖龙井22元，普洱茶32元，可以续水。预备在这里"把牢底坐穿"。这里还分吸烟和非吸烟区呢，是一个意外的惊喜。

早晨9点50分出家门的，一路顺利。

我们是第一次坐中国南方航空的飞机。好久以来，中国航空公司里只有国航飞汉城—北京的航线，现在东航、南航都开通了。记得听朋友说过，南航一进来，机票价格就会下调。本来，飞北京，最便宜的国航（比韩亚和大韩）也总是在45万韩币左右（加税及燃油费后），两个人就要90万了。而这次，我们两人加起来正好60万！果然应验了朋友的预言。而且，大概也是有了竞争的缘故吧，国航、东航的价格也便宜多了。还是市场经济好啊！

他去机场二楼取去太原的机票，我赶快拔出他的网线，插上我的电脑，第一时间就是打开菜园——可是怎么爬也爬不上去。其他网页则显示正常。怎么回事呢？

忙活了一阵，还是不行。他已经取了票回来了。只有再让出网线，回到我的word文档。

飞机很大。可能现在是淡季吧，没多少人。空姐们都很青春，重要的是和气、可爱，做救生示范一丝不苟（很多次看空姐做救生示范都马马虎虎，走个过场而已）。记得有一次和韩国一些年轻人一起去北京，坐的是国航航班。他们问我，为什么中国的空姐不笑？我瞪着他们，说不出话来。今天就想，要是那帮男孩子在就好了，咱也自豪一回。嗯，算是狠狠地替中国南方航空公司做了一回广告，呵呵！

现在是傍晚5点半，餐厅里七至八成的桌子已经坐了人。1小时前，我已经开始嚷嚷饿了。当家的只有喊服务生拿餐单来。我的妈呀，真贵！但是不吃是熬不过去了，于是点了两个较便宜的，要了两碗米饭。没想到那个32元的香辣酥鸡胗很有特点。

我最初以为那些白点点是辣椒籽呢，吃到后来才发现是芝麻，红色的辣椒已经炸得很透了，和芝麻一起吃到嘴里，微辣，脆香！只是有一点没有研究出来：不知道是干红辣椒炸的呢还是新鲜辣椒？好像两个都有，像新鲜的那些吃着就很辣。一碗米饭呼噜噜地下去了，居然还意犹未尽。主要是沾着芝麻的辣椒好吃又下饭。以极大的自我克制力压下了再要一碗米饭的冲动。在旁边人都饮酒品小菜喝咖啡吃果盘的地方，咱丢不起这个人，是吧？

6点10分了，要走了。喝了N杯茶和去了N次WC的我，简直对这个地方有点依依不舍起来。边收拾东西边想，如果我每天都在咖啡厅里呆上4个小时，那菜园会不会发大水啊？

8点整，飞机准时降落。9点20到家。爸爸妈妈还不知道我们回来呢，看见我们很开心。晚上其余的时间就一直在说话。

月圆了。

2007年4月4日　星期三

上午去弟弟工作的医院体检。我已经好几年没有体检了，在国外，总是想不起来做这些事。

中午全家一起吃饭，除了弟弟值班不能来以外，全齐了。小侄女还有几个月就要考高中了，天天晚上做功课到12点，周末也不能休息。老师给她们来了个倒计时，还动不动就说，你们谁如果考不上山大附中，就是失败了。孩子还有家长都感到压力很大。而大侄儿（哥哥的孩子，一家去美国7年了），在电脑上做作业时，还同时开个小窗口看电视节目呢，玩着玩着就考上了伯克利大学。真是两种人生啊！

下午去农贸市场买枣。韩国也有枣，但是个儿小小的，哪里比得上俺们山西的大红枣啊。每次他回太原，都要给师母背一大包回去。

晚上，出版社的朋友请客，在山西会馆。面食做得精致又好吃，山西面食确实非同一般。晚饭后，他们接着谈书的事，我跟姐姐去上网。

2007年4月5日　星期四

这次回来，正好赶上清明节。今天全家上山扫墓。

朋友的车把我们直接拉到墓碑旁。是爷爷奶奶的墓，还有爷爷的母亲的墓。

放置贡品，点香，烧纸钱（怕把枯草烧着，先挖了一个坑），然后磕头。望着墓碑，我心里说，谢谢爷爷奶奶。为什么谢，他们知道。

烧纸钱时，妈妈不小心掉了一个塑料袋进火堆。我立刻大喊一声："环保！"同时来了个飞蛾扑火，把那个袋子捞了出来。随即又动手把装贡品的袋子、倒空了的易拉罐等都收进带来的纸箱里。大家都笑，并指给我看——满山的垃圾啊，还有塑料袋缠在尚未发新芽的树枝上。哎，我又何尝没有看见？但是仍然坚决地说，别人的事我管不了，我们家的事我管（赶紧声明一声：在婆家，俺一向是很低调滴）。走之前，姐姐抢先抱起纸箱，在我警惕的目光的监护下，她一径抱上了车。哈哈哈哈！

晚上和一些亲戚吃饭，是婆婆那一边的，我都是第一次见。饭桌上很热闹，大家都不怎么吃菜，忙着回忆过去，互相询问其他亲戚的近况。只有我一个人埋头苦干，再加上点菜时由于我的主张多点了两个，因此对满桌菜肴，俺自觉有着不可推卸的责任。自己战斗的同时，还不时地把好菜转到丈夫和公公面前，用眼神和表情示意他们吃。但是，他们只是偶尔在我转过去的菜盘里夹上一筷子，多半时候则沉浸在对往事的回忆里，完全没有注意到我的挤眉弄眼。而孤军奋战的我，最终独力难支，在婆婆痛说革命家史进入高潮时分，放下手中武器，对着北方人豪放的大菜盆，投降了。

2007年4月6日 星期五

在太原至北京的火车上。

我们把爸爸妈妈也说动了,跟我们一起去北京玩几天。四个人,正好包一个软卧车厢。12点15分发车的,12点35分,我已经在上铺躺好了,宣布要睡到下车,而且郑重叮嘱:你们吃饭不要叫我啊。两点半,我探探头,发现他们三人都睡着了。没多久,他们相继醒来。我说我没有睡着,马上招致丈夫的嘲笑:"哈,两个小时完全没有动静,居然还说没睡着。"哎,年纪大了,睡觉也不灵了。不管刚才睡没睡着,反正睡到下车的宏伟计划是彻底泡汤了。于是溜下地来。

打开电脑,没打几行字就觉得有点眼晕,只好放弃。丈夫和爸爸妈妈聊天,讲着讲着讲到了吃的,我别的都没听见,光听见了鱼翅鲍鱼等等字眼,立刻就又饿了。于是泡面吃。哼!没有鱼翅鲍鱼,咱吃得一样香。吃完,又爬上铺去。这一躺下就到了7点。想想婆婆大人也真不容易,要容忍这个睡了吃、吃了又睡的媳妇。

8点15分,列车进北京西站。

住位于崇文门花市的新世界公寓。

安顿好以后,四个人一起出去走了走,在永和大王吃了点夜宵,就回来了。

这里不能上网,也不知道哪里有网吧。

2007年4月7日 星期六

吃完午饭,和他分手。他要去录讲座。一小时一集的,他今天要录5集。很担心他扛不下来,反复叮咛他累了就停,别太撑。在一边也帮不上忙,所以我去看我在北京的姑父。

回来时,表姐的车把我放在宣武门,然后我坐地铁到崇文门,再走回住处。

20世纪80年代初,我总是坐着地铁,从崇文门到宣武门,去看我姑姑姑父,后来学会了骑自行车,就很少坐了。过去没感觉,可是现在觉得地铁车厢好暗啊。韩国的地铁车厢里灯光明亮,读书看报的人很多。但是北京地铁里(至少是这条线,别的咱没有坐过)就很少有人这样做。在崇文门站下车后,不知道该往哪个方向走,四顾亦无标识。随便选了一头,一直走到快要上出口那个楼梯了,才看见指示牌,发现自己走反了,只好转过身来再走。同样,在另一端的出口前也有一个指示牌。噫!为什么不能在站台中央树一块牌子呢?这样有多少人可以少走多少冤枉路啊!虽然北京地铁没有韩国的长,可是毕竟从一头到另一头也有不少距离。而韩国地铁的站台上,不管你在哪个位置下车,5步之内就一定可以看见方向牌,告诉你换哪趟车,出哪个口,该往哪里走。

晚上他不能回来吃饭。我和爸爸妈妈去旁边的便宜坊烤鸭店吃烤鸭。在韩国时可是想念得紧,就差买个鸭子回来自己烤了。连做法都从网上查好了,也实在是太忙,没时间去买鸭子,才没有付诸实行。这回算是狠狠地解了一回相思。他是10点多回来的,很累了。

2007年4月8日 星期日

上午起来后,打电话给周老师,说要去,然后就打车直奔过去。原想只坐1小时的,结果舍不得走,就呆了近两小时才不得不告辞(爸爸妈妈在住处等我们回去一起吃饭呢)。

20世纪80年代,人在北京。那些年里读了不少书,其中两本给我的影响最大,一本是罗曼·罗兰的《约翰·克里斯多夫》,另一本是周国平的《尼采——在世纪的转折点上》。虽然它们一是长篇小说,一为哲学著作,体裁完全不同,但里面很多东西是通的呢!那正是我开始建立我个人的人生观和价值观的时候,当时的我是一个胆怯自卑的小姑娘,这两本充满激情的书将我改变了许多。"生命的洪流从我身边经过,把我整个带走了。"——当时的日记上留有这样一句话。

5年前,参加中甸县改名为香格里拉县的庆典活动,我有幸与周国平老师同行。自从知道团里有他,我是兴奋之极,但是又胆怯,不敢上前,只是拉着丈夫不停地念叨。那时丈夫还没有读过周老师的书,可也只有出头啦。

抵达昆明的那天傍晚,大家都在酒店大堂等车,我们看见周老师在门口的台阶上站着,他就把我带过去了。先自我介绍,然后再拍拍我,说:"这是我太太。她很喜欢你的书,自己不好意思跟你说。"真庆幸俺嫁了这样一个丈夫!

周老师当时一定非常吃惊。不过,那一趟走下来,我们就已经聊过不少话题了。感谢周老师,接纳我们为他的朋友。

从那以后,我们每次回来,无论日程多紧,也一定要去周老师家坐一坐,聊上一聊,不然就觉得白来北京一趟了。

我常常觉得自己很幸福。

2007年4月9日 星期一

3点20分的航班,由于北京机场交通管制,飞机晚了1小时40分钟才起飞。回家已经是韩国时间晚上9点半了。

尽管只是一个人回来,但回家还是好,很安心的感觉。

东西摊了一地,也不急着收拾。反正他不在家,不用担心他被我设置的障碍绊倒,至于我,自己埋的地雷,知道绕着走。

爬上菜园,把我在国内这几天大家的回帖从头看了一遍——不好意思地说,其实看了好几遍耶——好像看不够呢!谢谢大家给予我的鼓励和支持!俺一定要继续努力,誓把流水进行到底。

2007年4月10日 星期二

今天中午,参加了韩国围棋国手战创立50周年纪念仪式。

国手战是一个围棋比赛的名称,冠军头衔获得者即为国手。获得国手以后,就等待第二年的国手战开始,打出一名挑战者,来向上届冠军即头衔保有者挑战。

国手战创办于1957年,50年了。这50年里,成为国手的棋士一共有10名。在中国,所有一流棋手都被称为国手,但是韩国不同,只有获得过国手头衔的棋手才能被冠以国手称号。一般在前面加上姓,如曹熏铉老师为曹国手,李昌镐是李国手等等。

仪式开始,先是主办方东亚日报、赞助商起亚(KIA)自动车、主管韩国棋院的代表讲话,然后是最新一期(第50期)国手战的颁奖仪式,最后,向历届国手赠送他们的手模。

拍了好多图片,可是闪光灯死活不亮(相机留给在北京的他了,我用的是家里好久没用的另一台,好久没用,不会了),急死俺了。后来把相机调成强制不闪光,才好一些。

李昌镐送我的花

韩国人性急,最后一道咖啡还没端出来,台上就宣布仪式结束,然后大家就纷纷起立,撤了。本来想拿一份菜单的,乱哄哄地一走,就忘了。

最后献给大家一束花。

是发奖时李昌镐得到的花,他给我了(坦白一下:走的时候,他放在那里不拿,我提醒他带走,他说不了,送你吧)。

2007年4月11日 星期三

今天下午回家时虽然还不到5点,但是已经觉得饿了(早晨加中午只吃了一顿)。从北京回来两天了,但是事情很多,还来不及去买菜,冰箱里空空如也。想起小转铃提起过石锅拌饭,于是拎起电话要外卖。

韩国的外卖文化十分发达,整桌的宴席也送,一个人的份饭也送;经常在路上看见送外卖的男子骑着摩托东张西望地找门牌号码,要不然就是头上顶着托盘的大嫂大娘们在施施然地走着;而且不单送到订餐者的家和公司,还送到商店里、小摊贩的摊位上。最神奇的经历是一次和朋友打网球,途中他们说休息一下,然后打了个电话。过了一会儿,一位大叔骑着摩托来到我们的网球场,二话不说,就在球场旁我们休息的桌子那里铺了一张报纸,然后,从包里捧出一个——大~西~瓜,放在纸上,不知道从哪里又变出一把刀来,把西瓜切成一块一块的,摆好。然后收钱,鞠躬,走人。

回到俺今天要的石锅拌饭吧。打完电话没多久,门铃就响了。

外卖嘛,自然不会考究,大家只有凑合着看了。这样一份(拌饭,两个小菜,一碗蛋花汤)是5500韩币。

吃完,把碗盘筷勺往门外一送(餐厅自会来收),就万事大吉了。

想起我的韩文课本上有一课讲的就是拌饭,于是去找出来。好长的一篇课文啊!拣几句翻译出来:

韩国的史料上关于拌饭的记载最早是在1800年,但是研究者们相信实际上其发源要早得多。至于拌饭产生的原因有多种说法,最为人们所接受的有

石锅拌饭

两种。

一是祭祀。过去人们祭奠山神时,要扛着祭品走很多路,因此不可能带上很多装食物的容器,只能把所有的东西都装在一起。祭奠完毕,大家分享祭品时,也就把所有的菜呀饭呀什么的一起拌匀后吃。

二是过新年。除夕夜每家都会准备很丰盛的饭菜。聚餐后一起守岁。到近午夜时,为了不让剩饭剩菜留到第二年,就把它们全部倒在一起,拌一拌,作为夜宵吃掉。

说到做法,用来做拌饭的材料是没有什么限制的,几乎什么都可以用来做。另外,韩国各地的做法也都不尽相同。

考究的做法为:

1. 先用牛骨汤煮好米饭。最后小火焖的时候,把豆芽放进去一起焖一小会儿。
2. 菠菜在放了盐的开水里焯一下,然后加香油、蒜末、芝麻盐拌匀。
3. 豆芽焖好后,也用同样方法拌好。
4. 西葫芦切细丝,用盐腌一会儿,然后在冷水里冲一下,滤干水,再下锅炒一炒。
5. 桔梗也炒一下。
6. 盛饭的容器非常重要,米饭的温度一定要在60度左右的时候,和那些菜拌起来才好吃。之所以用石锅就是为了保持饭的温度。

(还有一些材料,课文里没有一一列举,俺也就略过不表了。)

好,材料已经备齐,下面是往石锅里装饭的顺序:

1. 石锅烧热。
2. 米饭放在最下面。
3. 将准备好的各种蔬菜按颜色的不同分开在饭上摆好。
4. 中间放上生牛肉(注:这是全州拌饭的做法)。
5. 牛肉上面再放上一个荷包蛋(或者仅仅是蛋黄)。
6. 再根据个人喜好放点什么(书上没说是什么)。
7. 上桌。辣椒酱可以自己加。一般和豆芽汤、泡菜一起吃。

我的妈呀!我边打字边感到头昏。学这一课的时候,只关心那些生字是什么意思,现在用做饭人的眼光来看,这也实在太麻烦了!不过,我想普通餐馆里做的拌饭肯定没有这么考究。至于俺今天吃的外卖,几分钟就做好送来了,那就更不可能是这样做成的了。

反正啊,把所有的剩菜,和热热的米饭拌在一起,再加点香油和辣椒酱,就是拌饭啦。

2007年4月12日　星期四

上午9点出门，赶去韩国经济新闻社。临走前抓了一本书，预备地铁上看。

是席慕容的《七里香》。20年前的版本，居然还带在身边。有好多年未翻过了，但那些诗句都很熟悉，就像去年刚刚读过一样。

比如《一棵开花的树》，我当年非常非常喜欢：

如何让你遇见我／在我最美丽的时刻　为这／我已在佛前　求了五百年／求他让我们结一段尘缘／佛于是把我化作一棵树／长在你必经的路旁／阳光下慎重地开满了花／朵朵都是我前世的盼望／当你走近　请你细听／那颤抖的叶是我等待的热情／而当你终于无视地走过／在你身后落了一地的／朋友啊　那不是花瓣／是我凋零的心

想起昨天晚上，临关机前，看到明珠姐姐的《青春期第一次》那个帖子（读了几篇，但还没来得及读完）。明珠姐姐写得真细致啊！唤醒了我过去的记忆，虽然20岁前过得糊里糊涂的，但也曾有过许多的烦恼，也是一步一步地走过来的呢。感到很温馨，但又有一点惆怅。

席慕容还有一首《千年的愿望》：

总希望／二十岁的那个月夜／能再回来／再重新活那么一次／然而／商时风／唐时雨／多少枝花／多少个闲情的少女／想她们在玉阶上转回以后／也只能枉然地剪下玫瑰／插入瓶中

过去非常喜欢这首诗。但是现在，我并不希望20岁的时光重新回来，也不希望"再重新活那么一次"。如果能够变得年轻当然好，可是，如果必须要把年轻时的日子重新过一遍，不知道别人怎样，我是不愿意的。因为我不觉得我有能力在年轻的时候作出更好的选择。那么，要我重新过一遍那样彷徨无助的日子，我还是算了吧！我觉得中年挺好。也许是因为我非常满足于现在的缘故吧？

上午的事情完毕时，又得了一束鲜花。抱着回家，想到家里还有一瓶李昌镐给的花，就在公寓的大门口把花送给了门卫大叔。

回家后，给原来的花换水，顺便又重新插了一下。剪去腐烂的根，撕掉多余的叶子，分插了两瓶。

2007年4月14日　星期六

他今天回来。

上午就开始拼命打扫房间：先放上一张刀郎的CD，然后吸尘，整理房间，洗衣，晾衣，换床单……

我有几张喜欢的CD，什么时候听哪张有规律的。比如，想在沙发上躺一会儿的时候听英文歌；晚上上网时常听的是《康巴汉子》、《高原红》那一类的歌；什么都不想做，只想好好听一会儿音乐的时候放帕瓦罗蒂的歌剧、小提琴曲或者《春江花月夜》一类的古曲。而刀郎的歌声一出来，俺就知道到了打扫的时间啦。

中午骑车去GS Mart买菜。这是一个较大的超市，从家里骑车大约7~8分钟。家周围有很多小超市，但是东西的品种不全，也较单调。所以周末就跑一趟，把基本补给备齐，剩下的就到了需要时再去周围的小店小贩处补充。这家超市最大的好处是给免费送货（当日购买金额在5万元以上时，如果不足，则需付1000韩币的送货费），所以很重的诸如饮料、罐头食品、牛奶等物品我总是一次买足一周的量，超市门口有纸箱，可以随便取用。把买好的东西装箱，封好，然后送去服务处，把会员卡一交，一刷，就行了。过1~2个小时，东西就送来了。

他是晚上9点到家的。把菜都洗好切好，等他回来一起吃饭，等得快饿死了。实在熬不住了，去点火炒菜，菜刚下锅，他进门了。才5天不在一起，就觉得有好多事情要说。吃完了，两个人还在餐桌上坐了很久。他说，每次回国，接受的信息量都很大，要慢慢地消化消化，才能回到原来的生活里来。

2007年4月17日　星期二

一整天都在梁健研究室。从上午10点半~下午5点半，除了吃午饭，就一直在用功。但是觉得精神很好。

这里年纪最大的梁健，也比我小12岁。现在，经常在一起学习的孩子里，比我小20岁的，还算是大的，有一些竟是要差25岁左右。再过几年，也许我就要同小我30岁的孩子们混在一起了呢。不过，和年轻人一起研究很开心，觉得自己也不老。

李贤旭和白大铉在争论着什么，我正好走过去，于是他们请我评判。说是正在讨论，究竟是才能重要呢还是努力更重要。白大铉持努力说，但是李贤旭坚持才能更重要。问我，我说，才能更重要，不过，能够努力的能力也是才能的一种。"那么，老师你选才能？"我答："我别的才能都没有，只有努力的才能。"他们大笑。

他们喊我老师，只是礼貌，是对前辈的一种尊重。我不单没教过他们，也教不了，相反，要向他们学习的地方太多了。

原来就梦想着能有一个离家很近的研究室。不久前，梁健告诉我们，他要开一个研究室，我真是太高兴了。新成立的梁健研究室，从我们家走路5分钟就到。以后，只要在韩国，恐怕会天天泡在这里了。

2007年4月23日　星期一

今天上午去查了5月的日程，事业部终于照我的要求，把我7日的事情安排到了14日。这么一来，5月上旬就完全空出来了。真是太棒了，俺们可以回上海了耶！

暂定5月1日出发，12日回。

一整天都觉得开心。

今天，走在路上，一家餐馆的老板喊住我，寒暄一回，问怎么好久不见了。

这里还有上海20世纪70年代的那种浓浓的人情味。20多层的居民楼，电梯里见面互相都打招呼。新搬家进来的住户，会给上下几层的邻居送点心，说一声请多关照。走在小街上，前后左右的蔬菜水果店、家具店、面包房、餐馆的老板，还有常驻摊贩都会同我们互相问好。好久没见的话，有的老板会从店堂深处赶出来鞠躬。

因为我们总是两个人走过来走过去的，偶尔落单，就会有人问："咦？怎么今天就你一个人？大哥哪里去了？"或者是："社长怎么不陪您出来呢？"我不在时，他去常去的餐馆吃饭，老板就一定要问清楚，为什么一个人，是不是师母回国了，什么时候回来……

韩国人的语言有意思。他们对人的尊称很多，但是最方便的是社长（对男人）和师母（对女人）两种。社长的夫人是师母，也不知道是怎么组合在一起的。刚来时不懂，人家问我，社长在哪里，我心想，别说我不认识什么社长，就算认识，我怎么知道他在哪里！

还有，最初有人问我，新郎为什么不一起来，我费了半天劲才搞清楚其意思。我想这人好玩，不管三七二十一就称人家丈夫为新郎。我们家那位，还新郎啊，早就"老狼"啦！后来发现谁都这样用。对着太太，他们喜欢称呼其先生为新郎。写到这里，忽然想，怎么没听韩国人说新娘呢？奇怪，不对等啊。

于是打电话问一个精通韩文的朋友。他说，称女士的先生为新郎的话，是说明讲话者觉得对方看上去小（当然是恭维的意思）。最初只是对年轻女士，在她结婚后的头几年里这样称呼。但是后来发展了，只要对方不是奶奶级的年龄，都可以用。反正其用意是恭维女子年轻，所以没有人听了不愿意的。相反，不对男人称呼其太太为新娘，是因为韩国人觉得，男人不需要别人恭维他年轻。

噢，原来如此！

2007年4月24日 星期二

晚上参加了2007年韩国围棋联赛的开幕式。

韩国围棋联赛从2004年开办，今年是第四届了。规模逐渐在扩大，今年的联赛总投资为33亿韩币，冠军队的奖金是2亿5千万。

共8个队，每队6人，参加选手总人数为48名。采取双循环赛制，所以每个队要下14场。每场每队上场选手为5名，先胜3盘的队伍即赢得此场比赛的胜利。

双循环下完，前四名的队伍进入后一赛季。先由第四名同第三名战一场，胜者再同第二名下，他们的胜者最后与第一名决赛，决出这一年联赛的冠亚军。所以各队的当务之急就是要先进入前赛季的前四名。

所有仪式结束后，开始上菜。是西餐。韩国的酒店里供应的西餐，大多都是前菜好吃，主菜就比较一般。会不会是已经吃得半饱了的原因？

同桌的朴永训，我们队的主将，一口气干掉三个面包，然后每道菜也一点不剩地全部解决掉。还一半时间不在座位上，去找其他同伴玩，只上菜的时候回来招呼一下子。年轻真好！

2007年4月28日 星期六

上午9点多，正睡得香呢，广播响了（你相信吗，这里的公寓楼里，每户都装着有线广播的盒盒耶）——又是在呼唤大家赶紧把可回收的垃圾拿出来。

在韩国，扔垃圾用的袋子是要到超市去买的，容量为20L的袋子20个卖7000韩币，10L的20个卖3500韩币。袋上面印着，如果用别的袋子扔垃圾的话罚款100万韩币（当然，其实也全靠自觉）。据说刚实行时韩国国民抵触很

大，现在则习惯了。

刚来韩国时，我们住的地方，厨房的有机垃圾是装在这种专用垃圾袋里的。后来改了，在每个楼前都有几个类似中国过去的泔水桶之类的东东，指定大家务必把有机垃圾倒进去。在桶旁边再有一个大袋子，回收装这些有机垃圾的各色塑料袋。

还有就是回收可以再利用的物品。每个小区每周有一天可以将瓶瓶罐罐、纸制品之类的东西搬出来。我们这里是星期六，在上午6点至11点之间。俺们公寓的几个专属清洁工戴着工作用手套在那里帮忙。

抱着装可回收垃圾的纸箱下楼去，临走前顺手揣上了相机。

2007年4月30日 星期一

今天起了个早，7点就出门，去光华门的韩国医学研究院附属的体检中心做体检。

正儿八经的体检，我们两人自出国起至今，已经十几年没做了。只是回国时如果机缘凑巧，就做上几项检查而已。在韩国，一般的职员都享有公司的福利，每年做一次全面检查。但我们这种职业，就只有自己解决了。自己去找地方做健康检查，费用高是一方面，另外也太麻烦，尤其对我们这些外国人而言。这次，天上掉下了馅饼，俺们居然也享受一回免费的检查。

领到的说明上写着，本来这个检查的费用是54万韩币，但是我们可以享受全免，家属则交20万也可以做。只要在前一天打电话预约一下，第二天去就行了。

因为要抽血，所以说明上还写着晚饭要少吃，晚上9点以后就不要再吃东西。当然第二天在检查前是一定不能吃喝的。

可能是心理作用吧，晚饭是和平时一样的量，可完了他还老想吃东西。挖了几个枣吃，又喝了无数杯的茶。到了10点半的时候，还让我给他洗两个枣来，遭到俺义正词严的拒绝。：）

今天是8点来钟到的。接待处的工作人员先问清了所属单位，然后发我们各一张表填。俺一下就昏了。韩文的专业用语是没有问题，日常生活也能对付，可是，这表格里好几处是纯医学用语，比如，家庭病史一栏里，要把高血压、心脏病、糖尿病等等全部弄清也太辛苦了。

幸亏有一个管接待的女孩过来帮忙，她大学念的是中文，还在天津留过半年学，那些难题自然就不在话下了。

填好表交了，各领了一把钥匙，各自进更衣室。更衣室里有好几排大衣柜。找到自己的号，打开门，里面有一套橘红色的干净的衣裤，宽宽大大的，有点像韩式便服；还有一双拖鞋。

换好衣服，锁上门出来，就被领到旁边的一个大厅。厅的四周是一个一个的小检查室，大概有二十多个，围成一圈。大厅呈长方形，大约有80平方米吧，隔成十来个小休息室，摆着沙发，供等待做检查的人休息用。已经有一些穿着橘红色和蓝色（男士用）的同样款式衣服的人散落着坐在那里。

于是俺们就轮着进出一个一个的房间，有时在大厅遇上，说几句话，就又被叫进去了。

每个检查室里做检查的医师是不动的，有几个护士在外面穿插着喊名字，喊到了，就带着人进去。基本上是哪个医师那里有空，就把人招呼过去。不管是医生还是护士，用的都是敬语。查肝的时候，那个女医生一边发指令让我吸气、憋气、吐气，大概是怕我不懂吧，一边自己自始至终和我一起吸气、憋气、吐气。

感到韩国的医院是很人性化的。等待用的休息厅里灯光柔和，几面墙上架着电视，但是只放图像没有声音；有低低的钢琴声在回旋，还有淡淡的花香。

有的事情，我想我们国内实在是人太多了，恐怕不容易做到。但是有一些小地方，只要肯替对方想一想，本来也不是很难的事情。比如：抽完血，拔出针后，一般医生或者护士会把一团棉花压在那里，然后嘱你按住。于是，那一带就尽是些拖着半拉袖子捂着伤口的人在徘徊。而我今天惊奇地看见，拔出针头以后，那个医生把准备好的棉花放在伤口上，然后，撕了一截医用胶带，把棉花固定住了。这个动作很小，但是带给患者的方便却是很大的。

还有，在国内看病，你给医生讲述你的病情，就等于是给一个班的患者以及患者家属在讲，完全没有隐私可言。而这里，不但是除了医生以外没有别人，而且在做一些较特殊的检查时，即使是医生也看不到被检查者的脸的——护士指导俺躺好，然后退出去，喊一声：医师先生，您可以进来了，与此同时，一道布帘从我上面缓缓落下，医师进来后，她看不见我，我也看不见她。这一点，比俺在美国时去过的那家医院还好。

这次可是扎扎实实地把所有的项目都做了，包括视力检查，还查了胃的情况。填表时就有一项选择：是用胃镜呢还是吃药。已经来查过的年轻人告诉我们，用胃镜很难受的，要选吃药后拍照的办法。轮到查的时候，医生给俺三种药，第一种是粉状物，味道像维他命C；第二种是一小杯液体，像碳酸饮料；第三种则是满满一纸杯的饮料，喝上去类似牛奶和酸奶加在一起的感觉。俺从一大早就没吃没喝的，是不是饿疯了产生的幻觉啊？

整个过程两小时。报告书会寄过来的，好像两个人都没什么问题。

2007年5月5日　星期六

回来已经好几天了，今天才有时间坐下来流水一下子。

当然要先写那个盼望已久的FB。

回上海，回家，每回都是高兴的，但是从没有像这次那样，老早就开始期待。俺们家领导说，你和菜农见面，怎么比当年和我约会还激动啊？

5月3日中午，在绍兴路的新吉诃德饭店，俺终于实现了自己的梦想——参加菜农的FB活动。

他先下车的，等我钻出车门，他已经和等在店门口的步兄对过暗号，接上头了。

跟着他们一路往里走，心别别地跳着。

踏进那个包间的门，看见的是满屋的人、满屋的笑脸。跟着俺们家的领导，去和一张张笑脸握手。奇怪啊，菜农见菜农，怎么是菜农的家属走在前面？哎，实在是俺一向习惯了躲在他后面的。

除了村长以外，所有菜农都是第一次见。不过，其中大多数是在菜园里看过照片的，自然一见就认识。我的偶像明珠姐姐，在房间最里头站着，俺进门的第一眼就看见了。不过，没见过的龚静妹妹，俺家领导也认了出来。然后，他跑过去握明珠姐姐的手，说，这是明珠妹妹吧？真大胆！

俺们抱了一大堆砖头，还没来得及拿出来呢，朋友们的玉已经送到面前了，感动！于是手忙脚乱地把砖头取出来一通乱扔，然后高兴地把收到的宝贝藏藏好。令我们吃惊的是，龚mm的赠书上，竟然已经写好了我们俩的名字——咦？怎么暴露的呢？

村长和俺家领导

他们说这个饭店是步兄的食堂。很雅致的房间，大大小小的盘子摆了满桌，太丰盛了。最后，大家还死活不肯收俺们的份子钱。谢谢朋友们的款待！

明珠姐姐娴雅温和。俺坐在偶像的旁边，幸福啊！

俺家领导和村长坐一块儿，他们老是两个人嘀嘀咕咕着什么。

村长还是时不时举起他的相机，狗仔一番。

娇小文静的东东东和俺早就通上了MSN，进行过单线联系，见面倍感亲切。

来自旧金山的文取心文兄，那么大的块儿，满脸络腮胡子，没想到说起话来这样温柔。

整个FB过程热闹非凡，好几处话题同时进行。等到步兄开始讲故事时，所有的脸都专注地望向他。

……

和菜农们见面真开心！俺怎么觉得只是一瞬间的工夫，大家就要散了呢？

合影完毕，走出饭店后，大家还一堆一堆地继续说话、拍照。

终于慢慢地散去了。俺们走在最后，拍到了文兄和步兄离去时的背影。

回到家，把大家送的书和杂志拿出来，摆在床上，一本一本地翻着，作大富翁状。俺娘进来，一下就把明珠姐姐的《孔娘子厨房》抄在手里，翻看着，同时和俺说话就心不在焉起来，最后终于向着俺说，这本书要拿去看看。要知道，俺长这么大，抱回来的书里，从来就没有一本入过俺娘的法眼呵！

再次感谢大家的盛情款待！

2007年5月8日 星期二

今天早晨7点45分的D653次奔杭州。

昨晚才睡了1个多小时，所以一上车就"昏迷"了。车厢中间一拨人特别吵，俺在喧哗声中居然睡着了，但没多久又被他们的尖叫声吓醒。过去请他们安静一点，才稍稍收敛一点。俺家领导幸灾乐祸地冲俺直乐，俺真是抬不起头来——那些人说上海话耶！

杭州的朋友开车带我们游西湖。爬雷峰塔时，爸爸妈妈还很有劲呢，我却已经走不动了,是昨晚没睡够的缘故。午饭后妈妈要去灵隐寺烧香,我就打死也不进去,坐在出口处的石头上等。迷迷糊糊地又开始打盹,没想到旁边石头上坐着的一个年轻女子突然大力敲打起手里的玩具木鱼来……天哪!

2007年5月9日 星期三

今天一整天他都有事情要办(现在还没有回来呢),我睡了一个懒觉,然后去西湖边和爸爸妈妈会合(他们一早就走了)。三个人在柳浪闻莺一带沿着西湖散步,走一段,在湖边的长椅上坐一会儿,随意地聊聊天。在家时,妈妈总是忙个不停,只有到外面旅行,才可以把家里的事情都放下来。

昨天巨热,幸而今日转成阴天。坐在湖边,对着昨天去过的雷峰塔,远山如黛,湖水温柔;身后是刚割过的大片草地,草香沁人心脾;身边的垂柳,枝条一直伸进眼前的湖水里去;偶尔还有大鱼跳出水面,"哗啦"一声之后,是一圈圈扩大着的涟漪……

到了午餐的时间还舍不得走,正好有一个卖盒饭的车开过来,停在不远处叫卖,就去买了三份,5元一份。在湖边的长椅上慢慢吃着,感觉真奢侈。

下午回旅店睡了一觉。晚上我们三个人去旁边的奎元馆吃面。这是一家有名的面店,门口写着"江南第一面"(没有写天下第一面,挺谦虚的嘛)。我20多年前来杭州时就去过,味道还不错的。

2007年5月10日 星期四

今天还是在西湖边走走坐坐。走完白堤,11点走到平湖秋月,就在那个平台上坐下,要了四杯茶,边喝边聊,坐了两个小时。初夏的风吹过来,舒畅。

下午我们两个去会朋友,爸爸妈妈继续前行,去走苏堤。晚上很自豪地告诉我们,他们把苏堤也"解决"了。

杭州真是不错,沿湖绿荫遍布,满目清凉;湖边的公园,如柳浪闻莺、孤山公园等都不收门票(但是雷峰塔等景点是要门票的),还有博物馆也免费;厕所很干净,还不收钱(唯一的不足是标志太少);湖畔设了许多长椅,供游人歇息;有专人捡垃圾,有保安维持治安……总之令人很安心。爸爸妈妈说以后每年都要来。

2007年5月12日 星期六

昨天晚上8点,从杭州回到上海。今天下午韩国时间5点50分,踏进汉城的家。

今天东航发的餐盒是我吃过的所有飞机餐里最难吃的一次,那个牛肉饼简直无法下咽,看周围的人也都

联赛研究室

联赛的多面打

剩在那里不吃。所以一到家就觉得饿了。去楼下买了一只烤鸡，算是我们两人的晚饭。

晚上去棋院看韩国联赛。今天是新星建设队对第一火灾队，我们加入了新星队的研究阵营。好久不见，年轻人看到我们都很高兴。和大家在一起研究，俺立刻就觉得是回来了，又回到了俺的日常生活里了。

2007年5月19日 星期六

今天在家做清洁，吸了地，把两个卫生间都刷干净，那个白浴缸被俺擦到发亮哎，很有成就感。

在韩国，找钟点工来打扫一次，最少是5万韩币起价（我没有找过，是听朋友说的）。朋友还说，人来了，你告诉她要做什么，还要看着点……俺想，要是老得盯人，俺还是自己来吧！

还去附近的肉类批发市场买了牛肉来做卤牛肉。

劳动光荣啊！

光荣的劳动导致的直接后果，就是晚上7点，坐在棋院二楼的大会场（每天晚上充作联赛的观战室）里，对着棋盘时，俺无限惭愧地被困意打倒了。本来俺是一和大家一起研究就双目炯炯的，今天却……赶快去弄了一杯咖啡喝，才扛过去。

只要不是自己队上场，看联赛就像是赴一场盛宴。大家边看直播，边在盘上一起研究，有的队会准备一些吃的喝的，有时还有热乎乎的烤鸡和比萨吃。

今天9点的一盘，是宋泰坤对罗钟勋。年轻的泰坤实力很强，本来取胜应该不成问题。但是今天罗老棋手下得特别出色，一路领先。棋到了官子阶段，罗突然有个地方出现了破绽，但是宋青年却迟迟不动手。他们双方的队友已经紧张得六神无主，反复说的就是："看见了？没看见？"俺们这些局外人则乐得很。后来宋青年终于出手了，研究室里响起了一片"啊"的声音，盘上的形势急转直下。

回来的路上，我们俩说，老同志的问题就是，即使下了大半盘好棋，但是常常一着看错，立即毙命。

2007年5月20日 星期日

下午烤了一个水果蛋糕。是在文学城的私房小菜论

蛋糕切面

坛中学来的方子。不是用面粉（那太麻烦了），用的是切片的白面包，撕碎了；其他原料为罐装什锦水果块儿、黄油和鸡蛋。全部搅和匀了，倒入烤盘，送进烤箱。

10分钟以后，黄油的香味就飘出来了。在满屋的奶香中等着蛋糕出炉的感觉真好。

2007年5月24日 星期四

今天是国手战预选赛。最近快棋赛增多，像这种每方3小时的棋已经久违了。

烤水果蛋糕

上午10点开赛，中午1点暂停，午餐，下午两点再开始。同时进行的几十盘棋里，我们这盘棋是最后结束的，等到复完盘已经是晚上7点，那边晚上的联赛都开始了。

中午因为形势不好，一口东西都没有吃。放了巧克力在包里，也忘得一干二净。回家后的第一件事就是抓一颗枣吃，然后再去弄晚饭。

屡战屡败中……

这个礼拜的赛事对我来说是结束了。下周再来，屡败屡战是也！

一直在想吴亮兄跟帖里的话：

"棋枰厮杀的取胜要诀，

不是去修补自己木桶的那块最短的板（来不及了），

而是找机会在对手看似完美的木桶底下凿一个洞！"

很有道理！我最近老是找不准出击的时机和落点，再加上自己的短木板多多，很苦恼。怎么办呢？？？

其实我知道输赢是正常的，有赢就有输，有状态好连胜的时候，就会有低潮，低潮来时会一直败，一直败，败得连家都不认识。这么多年的职业生涯下来，早就习惯了。

按说早就应该做到不以胜喜，不以负悲了，可是我的悟性不够，还是做不到。每个失败的夜晚，还是会痛，会悲，会睁着眼到夜深，甚至到黎明，因为一闭眼，那一盘棋就会立刻出现在脑海里，翻江倒海一般，绝对赶不走的。如果是比较大的比赛，特别是从内容来看输得有点冤的，那离开棋盘后的自己简直就和死人无异了。不过，有一点是可以放心的：只要太阳再次升起，我就会活过来的，然后就该干嘛干嘛了。用我自己的话说就是，只要这个夜晚过去，俺就还是一条好汉，呵呵！

失败是这么痛苦吧，赢棋却没有多少喜悦的，或者说没有和输的苦痛相对等的那份快乐。只是开心一下子，或者终于感到轻松了，这就是俺在菜园报忧不报喜的原因，已经受到俺家领导的批评。

请千万不要以为我的人生充满痛苦。不是的，别看我在这里讲得吓人，事实上，如果没有棋下，如果不能参加职业比赛，没有经受输棋的痛苦的机会，那么我的人生才是真正的痛苦万分，真正的毫无希望了。其实我是很享受这一切的，那些失败啊痛苦啊、都是我的幸福人生的一部分哪！

请朋友们放心，我会努力的。就算不能赢，那也没关系，我还是会继续努力的。尽力即可心安。

谢谢朋友们的关心！

2007年5月25日 星期五

昨天，5月24日，佛祖诞生日，在韩国是法定的休息日。总算休息了——哈。家里没米下锅了。上午去超市买，正好在促销掺了一点杂粮的米，本来杂粮卖得比大米贵，超市的大婶拼命跟我强调现在价格一样。俺很听话的，就买了10公斤一袋的，2万9千韩币。

把所有买的东西打包托运后，走出店门，发现下雨了，正好一辆小公共汽车要停站，赶快跑过去。涨价了，原来500元的，现在要600了（地铁最低票价原来是900，现在也1000了）。这是用交通卡的价格，单买还要贵100。

细雨中，暮春的绿色让人感到很舒服。车上正在放着《桂河大桥》的音乐，心里渐渐快乐起来。

下午大雨，至晚不止。想起早晨看韩国网上的天气预报，说是下午降雨的几率是100%，还真准！

晚上还是去看联赛。

今天，整个白天都在看国手战预选赛。预选赛都是单淘汰制，输一盘就完事了。我自己已经被淘汰了，就在一边学习吧！今天很多盘都是强强对决，内容也精彩，很有收获。

晚上在网上下了一盘棋。再一起去散了一圈步，一天就又过去了。

贴一篇我24日那天写的文章——《我的围棋老师章照原》，发在今天的《体坛周报》上。

5月22日晚，在MSN上，我的师兄肖强告诉我，我们的老师章照原走了。

难过！章指导是我的启蒙老师。1974年一个春日，我第一次踏进静安区围棋训练班教室，我的两位启蒙老师——尤伟良指导和章照原指导都向着我慈祥地微笑，从那天起我就喜欢上了这个地方。

在我记忆里，章指导一直话不多，很严肃的样子。他的视力很差，看棋盘时要凑到很近才能看清，但教我们时一丝不苟，非常认真。

20世纪60年代，章指导曾经代表中国去日本参加过比赛，是他们那一代棋手中很出色的一位。他对官子和手筋都很有研究，上海的《围棋月刊》杂志曾发表过他的很多文章。章指导的实力很强，他和我们下了很多指导棋，还安排他的一些棋友和我们下，对我们的帮助非常大。给我们上课时，尤指导常讲一些大局之类的课程，章指导则比较偏重于技术方面，如中盘作战、收官技巧等等。

虽然跟章指导、尤指导学习的时间只有短短的两年，但是他们把我领进了门，培养了我对围棋的兴趣，也帮助我打下了基础。在刚刚踏上围棋之路的时候，能遇到这样两位好老师，是我的幸运。

1980年我去了国家队，1990年出国，折腾了一圈，直到1999年最终在韩国住下来。这漫长的20年里，好像就没有见过章指导，我真是个不孝的徒儿。有关章指导的一切消息都是从师兄肖强那里来的。这几年里，我去看过章指导两次，也都是和肖强一起去的。

第一次是寻到老师家，章指导的家在电视台附近一条老弄堂里。记得我们上了一个黑暗的楼梯，进了一个在白天也不明亮的房间，房间被隔成了两半，家具都非常简朴，章指导和照顾他生活的妹妹住在一起。老师知道我们来了非常高兴。那时他已经出了车祸，无法出去教棋了，说是街道每月发他300多元生活费，残疾后每月再补贴100元。听了很心酸。当时还聊了一些什么已不记得了，只记得老师脸上的微笑和那份安静与忍耐。

过了几年，第二次再去时，章指导已经住院很久了。在一个4人病房里，章指导的床靠着窗口，阳光温暖地洒在床上，可是，老师的眼睛已经完全失明了。

今年春节前，肖强在各大围棋网站上发了一篇文章，文中写道：

"今天，我们的老师老了……他每天的绝大部分时间是反侧在病床上，独自面对着漆黑的世界。

"他从早几年开始就认不出家人、朋友和学生了，他活在他的世界里，还是那么沉静而有尊严。

"我写下这篇文章的标题：寻找围棋老师章照原的学生……"

据说文章发出后反响很大。春节时，好多学生一起去看望了老师，其中有我弟弟，他也是章指导的学生。五一时我回了一趟上海。长假期间，很多亲朋好友聚会，忙了一阵，就又走了。我没有去看章指导，我以为下次去也行的，却没想到……真恨自己没有为老师做些什么，这将成为我永久的遗憾。

谁说"好人一生平安"的？我们的老师，把围棋的种子埋在我们的心里，把自己的才华交付于他的学生，交付于围棋，默默地。而他的生活却如此清贫如此坎坷！

章指导，我的老师，感谢您将我领进了围棋之门，我永远记得您的教导、您的恩情。您辛苦了一辈子，现在请好好休息吧！也许，来生，我再做您的学生。

章指导安息！

2007年5月28日 星期一

下午在菜园里东逛西看，不觉困意上涌。于是放上一盘英文老歌，在沙发上躺下。昨天为了准备晚上9点的比赛，下午努力睡午觉来着，却是怎么也睡不着，无论是在卧室还是在沙发上上，无论是静音还是放轻柔的歌曲音乐，怎么倒也不行。今天却躺下就迷糊过去了，看来心里无事还是好啊！但悲惨的是，刚刚睡着，就做了一个梦。梦见眼前一个棋盘，我拿起一个子，往对方的断点上一断，随即眼光掠过另半边棋盘，妈呀，整个是空的啊！那就是说，我断上去的那个子要被征掉的呀！一吓，还不等对方来征，我就被吓醒了，醒来心还怦怦乱跳。

前天做晚饭的时候，右手的食指不小心碰了一下刀刃（前几天还在明珠姐姐的帖子里问她手握在刀的哪里呢，立刻就遭了报应），一道口子，直冒血珠。包上创口贴，继续做饭。但是晚上自己摆棋时，发现缠着创口贴根本没法把子放到盘上，只好改用左手。心里很担心，第二天有两盘棋，都是快棋，这拿子不灵活是很影响状态的啊!临睡前就把创口贴撕了,期待着发生奇迹。

第二天(就是昨天)早晨,手还是不能碰,一碰就疼,还有点胀,有点痒。去了棋院,坐下,猜子,开钟,互相行礼后棋局开始。我拿起一颗子,刻意避开伤口,下到盘上,还是有点碰到,有点疼。但是,从拿第二颗子开始,就不再有感觉,碰到不碰到、疼不疼的,完全不知道了。等到下完一想,咦?刚才手指疼过吗?不知道啊!这么一想,手指马上又火辣辣地疼起来了……

言言和心心

一次只能抱一个

2007年6月1日　星期五

六一儿童节,想念家里那两个还未长成儿童的宝宝。

去年8月25日,弟妹生了一对双胞胎,一个是女娃娃,另一个也是女娃娃。

那天,我一起床就开电脑,9点半,爸爸在MSN上告诉我,宝宝已经降生,母子平安。

出生时,姐姐5斤多一点,妹妹则是6斤不到一点,两个娃娃都非常健康。妈妈很自豪,告诉我,同产房有一个产妇,生一个,体重才3斤多啊!我们都夸妈妈给弟妹补充的好营养,而且弟妹也很乖,只要医生说应该吃,吃不下也吃;医生说不该吃的,再馋也忍着不吃。

名字在她们出生前就取好了,姐姐叫可言,妹妹是可心。两个"可",加起来就是"哥"字,哥俩好的意思。"言"和"心",分别是她们的妈妈的姓氏"许"的一半,和名字里的"志"字的一半,互相又正好对应。

于是整天想着回上海。从收到第一批照片起,我的电脑桌面就被她们占领了。

9月底回到上海,马上就去看宝宝。可能是因为她们的大头像在电脑屏幕上一直照耀着俺的原因吧,等真的看到了,就觉得她们好小啊!

我战战兢兢地抱起一个(忘了先抱的是姐姐还是妹妹),好小好软的小身体,好闻的奶香味,简直不知道怎样去爱她们才好。

记得那些天里,似乎总是在抱着她们,抱完了言言,抱心心,总也抱不够。

姐姐言言比妹妹瘦小一点。她们的妈妈告诉我,在肚子里时,妹妹的PP正好坐在姐姐的头顶上,因此,出生一个多月来,睡梦里,她的一双小手总是在头顶上举着，使劲往上推啊推的——哎，妹妹的PP真重啊！

妹妹心心有一双大眼睛，她爸爸老是喊她"大眼睛妹妹"，我一听就乐，因为小时候，我们就是喊我弟弟"大眼睛"的！心心的眼睛和她爸爸小时候一模一样。

她们满月时，请亲戚朋友来聚了聚，就在小区旁边的餐厅。她们是后来的，当双人童车推进来的时候，四个圆桌边就几乎没有人了，都围在她们两个旁边，拍照的、拍DV的、说话的，乱成一团。言言居然自顾自地睡觉，完全不顾周围的热闹；而心心则睁着她的大眼睛，谁声音响就看谁，谁拍照就向谁笑，非常配合地把明星的职责承担到底。

言言爱琢磨事情。12月初，我们回了几天上海。记得有一天朋友送了些大闸蟹给我们，晚上全家聚在一起吃。已经快吃完了，俺家领导抱着言言坐在餐桌边，言言从他手里探着脑袋，非常专注地看着满桌的螃蟹壳，看了好久好久，不知道她的小脑瓜里在研究着什么。

我们在韩国，和上海家里的联系就用MSN。常常收到她们的照片，看到她们正在茁壮成长。有时候，他们会把宝宝抱到电脑面前，用视频给我们看。宝宝有时会专注地盯着屏幕，有时则拼命拍打键盘。

半岁后，她们开始认人，不让别人随便抱了。我在韩国就开始担心，怕回去时不能抱她们。果然，5月长假回上海时，我一抱她们，不管是哪一个，都哭。我只好赶快把手里的宝贝送还给她们的妈妈或者外婆。但是奇怪的是，俺家领导抱，她们却不哭，还显得挺快乐的样子，这真让俺失去平常心！大家为了安慰我，说，这是因为他块儿大，力气也大，宝宝比较舒服。不过俺还是觉得非常不平衡。

既然不让抱，那就拍照吧！那几天，我见了她们就狗仔，噼里啪啦地照完（那个相机能够照76张），马上连上线，输入电脑，输完了再照，再输，再……

2007年6月4日　星期一

LG世界棋王战，今天上午10点开赛。我们在家先看了一会儿网上直播，然后出门。11点半到达。赛场在二楼，研究室就在昨天举行开幕式的天台上。

中午1点暂停。两点再战。1点55分，棋手们差不多都就座了。俺也混在狗仔队里大拍特拍。

拍到李昌镐桌旁，做裁判的李夏辰（韩国女棋手，19岁）看见了直乐，问我：老师，你要去做记者吗？我说对呀，我准备改职业了。她高兴了：那你下一个比赛就不能参加了啊！旁边和她同年的金恩善急了：老师一定要下完GG Oction杯才能走啊！我们的对话把昌镐都逗乐了。

说明一下：GG Oction杯是一个今年才办起来的特别棋战，由12名女棋手对阵12名45岁以上的男棋手，是擂台赛形式。现在，女棋手的队伍还有7人，男棋手的队伍却只剩下主将曹熏铉老师了。

2007年6月5日　星期二

我们的朋友大岛从日本来采访LG杯。他来了，按惯例我们总是要在一起吃饭的。今天是比赛的休战日，所以我们请他到家里来吃晚饭。

最近一直忙,没有时间去大采买。今天上午把自行车擦了,然后跑了两个地方,GS Mart和马场洞肉市场。回来马上就把牛肉卤上了。下午收拾整理家(俺家领导昨天晚上就很卖力地把地擦了一遍)。4点半开始准备晚饭,6点开饭。边吃边聊,一直到9点半。送走朋友再开始收拾战场。

只拍了几个凉菜,后来他们俩坐下来开吃后,再端上去的菜就没好意思拍照了。

韩国人的说法:泡菜和猪肉是绝配。俺试了确实不错的。不过俺还自己发明了一个泡菜炒粉丝(当然还要一些别的配菜一起炒啦)。自夸一下:很好吃的!今天就做了一大盆,还以为太多了呢,没想到我们的朋友很喜欢,满满一大盆只剩了一个底了。

2007年6月6日 星期三

今天是LG杯世界棋王战的第二轮,16强战。

先在网上看直播,11点半左右出发去Somerset酒店。到研究室时,发现中国队昨天输下来的几名棋手都聚在同一台电脑前,边看比赛直播边讨论。

这些人里,有常昊、孔杰、彭荃、丁伟,还有去年的LG杯世界棋王战的冠军——台湾的周俊勋。

俺家领导和大家开玩笑,说,怎么看都觉得这里的人比下面对局室里坐着的那些还厉害呢!

本来热闹非凡地争论着的小伙子们忽然沉默了,许久,孔杰才应道:"不会啊,要是厉害的话就该坐在下面了。"常昊则夸张地看看四周:"李昌镐怎么没来?"

李昌镐第一轮半目负于中国的胡耀宇。他如果出现在这里,那这个研究阵容就更豪华了。

中午吃完饭回来,正要上二楼,俺家领导叫俺看窗户外面——

俺一看就乐出来了:酒店后面那个小小的庭院里,等待比赛开始的棋手正在踱过来踱过去地散步呢!而且各走各的,各自低着头,完全沉浸在自己的棋局里。

全部结束。那边在进行下一轮的抽签。俺发现旁边的小花开得灿烂,就跑去拍。

正蹲着大拍特拍,忽然听见后面一阵急促的脚步声,俺心知不妙,正要做点

研究室风景

像不像放风——LG杯午休时的李世石、古力、胡耀宇、王雷

准备，却已经被摁在地上了——来人是女棋手李玟真。然后她抓住我说："明天我要上场了，老师你一定要来看啊！"她说的就是我以前写过的女棋手对老棋手的那个擂台赛。

2007年6月7日 星期四

下午两点，到围棋电视台的休息室（兼研究室），赞助公司的社长已经坐在那里了。现在的每一盘棋都可能是这个比赛的最后一盘。社长显然很担心比赛戛然而止，在对局进行中不断地问我形势如何，又老是要我表态希望谁赢。

不过今天曹老师发挥特别出色，上来就优势，然后牢牢地把持着，直至终局。这样，逼出对方主将曹熏铉老师时，女棋手队伍有8个人，现在还剩6个。我是主将，在我前面还有5个女孩子，将前仆后继地向曹老师发起进攻，就看曹老师如何抵挡了。

晚上还是看韩国联赛。

2007年6月9日 星期六

下午，朋友李庆陪我们去电器城看空调。

在韩国已经过了八个夏天了。最初两年，租的地方带空调。后来搬家后，六年了，都没买。韩国的夏天比较凉快，而且我们住得高，南北窗一起打开，风挺大的。但是一年总还有1~2周是很热的，晚上床垫下面像是点着火一样。如果那段时间正好碰上大比赛，就有点惨了，因为睡不好。

去年10月搬了家，是刚盖好的新楼。房型有点奇特，不是畅通的南北向。怕通风不够好，夏天更热，于是终于决定安空调了。

我们在各个店里转来转去地看样式、价格，李庆已经帮我们网上查了一下行情，所以做决定很容易的。

韩国人老讲"身土不二"，字面上的意思是我的身体和我的土地是一体的，落实到具体事项就是我是韩国人，我只用韩国产的东西。今天，俺们也来一回身土不二——选了海尔空调！

下周三来安装。

2007年6月11日 星期一

今天，KBS围棋王战的败者组输给了尹盛铉！

布局不错，然后就像不会下棋似的，错觉连连，而且非要一条道走到黑。最近老这样。

比赛开始前，尹盛铉还同我说，赢的人出回去的出租车费用（他想旱涝保收）。结果他就如愿以偿地率领着我直奔出租车而去了。

除了韩国联赛这个团体赛以外，今年年初有三个比赛我进了本赛，但是稀里哗啦地又全输下来了。幸亏5月底又打进了一个——十段战的本战（我们俩双双进入的耶），不然就更空虚了。

我觉得自己最近有点着急，老想成绩好一点，又老是好不了。更急……

不能总是这样下去，这样的话反而下不出好成绩。应该心更平一些。当

然，道理都知道的，我自己也不想着急的啊！

还是自己修炼得不够。前几天，做了签名档，把我师父喜欢的一首白乐天的诗放了上去。打开自己的帖子时，常常会念一遍。念一念会觉着心里平和一些。

其实，我现在的水平也就是这样了！年初，女子名人战决赛时，有记者问我今年的计划，我的回答是：争取进本赛！既然如此，还有什么好说的，输是正常的，继续努力就是了。

前天买空调时，顺便打听了一下相机价格。回来把问来的那些情况放上菜园求助，于是高手们纷纷现身，把他们的经验和观点一一赐教。菜园真好！有组织的人真幸福啊！谢谢各位！

2007年6月12日 星期二

今天是我师父吴清源老师的生日。他老人家1914年6月12日（旧历甲寅年五月十九）出生于中国福州市，今年高寿93了。

有两年没有见到他老人家了，正在计划今年找时间去一趟日本，去看看师父，再聆听一回他的教诲。在这里，遥祝老师生日快乐，健康长寿！

贴一篇我为吴老师的自传《中的精神》写的序（书出版于2003年9月）：

说说吴清源老师

小时候开始学棋时，大人就告诉我说棋界第一英雄的名字就是吴清源，我最初的棋书也是吴老师的《黑布局》和《白布局》。

随着我的成长，我渐渐地明白吴清源这个名字代表了什么，他遥远而又神圣。

濑越一门聚大理

从不敢奢望他老人家会收我做弟子，只想能够有机会见一见自己心目中的神，这位在棋盘上创下了惊天动地战绩的英雄。

没想到我的运气太好了。到日本后，从给吴老师的讲座做助手起，我最后竟然幸运地成为了吴老师的弟子。

那是从20世纪90年代初开始的。当时吴老师已经七十多岁了，原本就体质羸弱，此时更是身体和精力都大不如从前了。可是一坐到棋盘前，吴老师就目光炯炯、思路敏捷，一口气研究上五个小时的棋，也丝毫没有疲倦的样子。吴师母说，吴老师不是不累，而是一摆棋他就高兴，也就忘记了一切，到第二天积攒下来的疲劳发作时，吴老师都动不了了。看来吴老师摆棋，完全是在燃烧自己啊！

现在，回想起当年吴老师手把手教自己的情景，才明白了更多的道理。当时吴老师的许多布局思路和具体招式，已经和正在成为当今棋坛的流行下法。吴老师那开阔的大局观、灵活的思路，给了我许多的启迪。我到韩国后取得的一些战绩，完全是吴老师教导的结果，可以说，是吴老师硬生生地将我拽到了一个凭我自己的力量很难达到的高度。

吴老师是14岁去日本的，不久便所向披靡，威震棋坛。对此，我自己也曾有疑惑：在当时中国没有高手的情况下能出这样的绝世人物，莫非老天的安排真是如此——我们只需等待超人？跟吴老师学棋后才明白，即便是天才，也还是要靠后天的勤奋努力才能够获得如吴老师这样辉煌的成绩；或者说，除了棋上的绝世之才外，还有其他很多素质，如对围棋的不带功利心的单纯的热爱、常年来静心踏踏实实做研究的习惯、对世俗功名的不动心以及对清贫俭朴的生活安之若素的人生态度等等，都是吴老师作为大天才的一部分。

吴清源老师在中国国学方面的造诣非常高，他从小便接受四书五经的教育，到日本后那么多年，最爱读的还是中国的古书，现在我们去看吴老师时，他还总给我们讲他研究《易经》的感想。关于对吴老师人生修养的描述，我们很喜欢作家阿城对我们讲的一段话：小时候的教育如同一颗智慧的种子，深埋在吴老师心灵的土壤里，经过这么多年的灌溉培育，那一粒种子已悄然地长成一棵枝叶茂盛的大树。可惜在现在的中国棋界，已经很难找到这样的人了。

2007年6月13日　星期三

今天来了三个人，装空调。

前后看了一圈之后，坐下来同我们算安装费用。先说你三个空调，一处已经预先留好一个洞，但是还需打一个；另外两处，一处里外需打两个洞，一处只打一个洞就行——总共要打四个洞，一个2万……我们的朋友赶紧截住他，说："买的时候说好一台机器免费送一个洞的，你看这单子上不是写着嘛！"那人低头看看："哦！那么收一个洞吧！"然后说："放室外机的架子，你们已经有一个了，把机器放上去，要收5万的。另外两处没有架子，安装架子的话，每个——哎，你们买的时候说的多少钱？"朋友答是一个10万，那人说对。我在旁边想：咦？怎么还试我们啊？

说是需要5个小时，不过实际上3个小时就弄好了。韩国工人干活还是比较地道的，打洞时拿着个套子包在钻头上，直接把灰接收了，完工后拿吸尘器稍稍吸一下地就好了。朋友说他在北京的家安空调时，打眼打得满屋的土啊。最后，他们还帮我们把挪开的家具、箱子全部放回原处才走。

三个白色的海尔壁式空调，各自就位了。一台35万韩币，总共105万。安装费总共29万（空调出水口他们加了两截铜管，短短一截就要收1万）。好玩的是，在安的时候朋友就奇怪他们怎么会用铜管，说那很贵的。等到人家一收钱，俺家领导就乐了，告诉朋友说，你现在知道为什么要用铜管了吧？

2007年6月17日　星期日

今天我们队又输了！是2比3输的！

虽说胜过前3场以0比3的比分输下来，但是输毕竟还是输！我是第五个，第三场上。第一场三盘棋同时开战，结果我们全南队2胜1负，第二场是排在第四个的李圣宰上。他若是赢了的话，我们就3比1获胜，我不用上了。圣宰临走前跟我说，你好好休息吧！但是，他似乎有点用力过猛，败下阵来。2比2！

本来最后一场是定在6点半的（如果有的话）。第四场结束得早，6点不到就让我们去对局室待命了。

布局还可以的（又是布局不错），但仅仅是布局不错，什么用也没有！紧跟着就弈出疑问手，感觉是自己的力气找不到使用的地方，局面就已经落后了。晚上散步的时候，他说我没能拿出自己的招来。我说，没能拿出招来还好，下次争取能拿出来就是了。问题是，我现在已经糊涂了，不知道自己究竟是有招还是无招。

2比2后，我的败阵，让我们队期待的初胜又落了空。团体赛输了，比个人赛输了要难过得多，但是从领队到队友，还有公司来助威的两位职员，都跑来安慰我，说，辛苦了。我很感动。

晚上整个队一起吃饭，大家相约以后加油。是啊，还有10场呢！

回到房间，他先上网，我在一旁的灯下看带来的《病隙碎笔》。

这本书已经读过好几遍了，但是每回重读，都会有新的感受，新的领悟；而且无论翻到哪一页，都可以安静地看下去。曾经站在家里那一排书架前，给自己出过一个题目："如果要做一个长长的旅行，假设是半年吧，若是只能从架子上取一本书带着，我会带哪一本？"

我的回答就是这本有史铁生老师亲笔签名的《病隙碎笔》。

重读了"之一"里的几页，觉得有些话就像是对着此刻的我说的：

……约伯的信心是真正的信心。约伯的信心前面没有福乐作引诱，有的倒是接连不断的苦难。……

不断的苦难才是不断地需要信心的原因，这是信心的原则，不可稍有更动。……

……从约伯故事的启示中我知道：真正的信心前面，其实是一片空旷，除了希望什么也没有，想要也没有。

把句中的"苦难"换作"失败"，把"福乐"改成"胜利"就是了。

陈村老师说，下重了，就是前世今生地想。其实就一盘棋，就这手棋。一手一手下对头了，一盘棋就好了。争取下对头。想之前之后少些，脑子就轻灵些。脑子轻灵的人，才有妙手。

史铁生近日打过电话来。他身体尚可，也就是没新的问题扰乱。
很晚了，快快睡觉吧。

2007年6月18日 星期一

上午9点40发车，下午3点到棋院门口，解散。

汉城最高气温31度，不过家里还挺凉快的。

补记一点这次旅行。

16日下午1点10分从棋院门口发车，途中休息两次，傍晚6点20分，车停在我们住的酒店门口。下车，看到迎面一个大牌牌：欢迎来到顺天。我就知道棋院工作人员告诉我的顺川是错了，因为在韩文里，川和天是同一个发音。自从韩国政府取消了中小学的汉字教育以后，韩国的年轻人除了自己的名字以外，认识的汉字就非常少了。街上也很少看见汉字的标记，比如这个顺天市，除了酒店这幅用四种语言写成的横幅以外，我在街上几乎没有看见过一个汉字招牌。

顺天市是一个小城，从酒店总台拿的免费地图上看，这似乎是一个观光地，有不少去处的。当然，是什么样的地方其实跟我们是没有关系的。第一天到，第二天比赛，第三天一大早大巴就往回开了。

晚上是顺天市的市长请，在一个专门举行婚礼的地方吃自助餐。

然后两个人出去散步。才9点来钟，路上居然看不见人影，只是偶尔有一两辆亮着空车灯的出租车驶过。我们说，在首尔，现在正是满街的人呢！

回房间，11点就睡了，一直睡到第二天早晨10点半。11点40全队在大厅集合，吃午饭。12点50分开车。联赛的赛场设在附近的顺天大学里。

2007年6月21日 星期四

下午去梁宰豪研究室，一盘训练棋就下了三个多小时。回到家是6点半，匆匆忙忙做饭吃饭，7点半再赶到棋院，看晚上的联赛。今天晚上的第二盘棋是李昌镐上场，下得非常清楚，似乎又回到了他的全胜期。

我师叔，曹熏铉老师，终于还是被乱拳打倒了。GG Oction 杯，女棋手对中年棋手的擂台赛，中年队的主将，我师叔出场的时候，这边还有8个人（每队12名）。曹老师一路赢过来，破竹般地六连胜。今天是朴志恩出场攻擂，如果她再输，就只剩我了。下午两点对局，我因为去了研究室下训练棋，没去看，后来听说女孩子去了8个人声援小朴。

据说曹老师是明显优势的棋，但是在官子阶段出了错，大损，最后半目败。

2007年6月28日星期四

今天下午两点，本来是GG Oction 杯的最后一战的时间。曹老师半目惜败给朴志恩，我们女队已提前获胜，因此今天就安排了一局特别棋战，让我对韩国棋院的女研究生下一盘棋，让先，仍然在围棋电视台演播厅下。她姓文，高中一年级学生，很腼腆的一个女孩子，不知道以后能否入段。韩国的入段比赛很残酷的。

今天的一件最最重大的事情是：我把D200抱回来了。是拉了棋院出版部的摄影记者陪我去的。他带着他的摄影包，我看相机时他还拍我，于是我把他也拍下来。

机身116万（水货），18-200的镜头80万（正品），UV镜1万（店家认为不必买好牌子的），内存卡2GB一张3万，再加一个电池（尼康原装的）5万，摄影包1万5——总共206万5千（1万韩币约等于人民币82元）全部搞定。

曹熏铉老师与铸久

印象中这个机器很重的，所以刚刚把她背上肩的时候觉得还好嘛，但是坐地铁回家的路上，双肩包的重量就慢慢地显示出来了，今天比较闷热，到家已是好几身的透汗了。

放下包包，扒拉几口饭，马上就去棋院看联赛。

回家，先上来报告一声，然后去看看俺的宝贝去。可惜家里原来的相机被领导带走了，不能把她的倩影拍下来。不过想到菜园里D200很多的，也不必展示了，还是等着贴她的作品吧！

原装的盒子里是日文的说明书，店家说可以给我韩文的，我说还是日文吧！我怕的是即使是中文的也看不懂！

2007年6月29日 星期五

新相机终于抱回来了，现在该交代一下，这笔预算是怎么出来的了。

故事要从前年说起。有一天，我去银行，想把活期账号上的一笔钱转成定期。

接待我的女孩向我推荐一个项目，说这个利息高，不过是浮动的。我问多高，因为韩国的存款利息一年大约是4%左右（那时候），她说最高可以到10%左右吧！

这么高啊？那当然要存啦！再说，我们很信任自己的银行，来了韩国就在这里扎下根，现在，上至行长，下至门口的保安，我们全都认识。走进去，无论事情大小，我们俩从来不去拿号码，直接就进里间，往特殊业务的那几个椅子上一坐就成，一会儿，冰饮料或者咖啡就送过来了。受到的优待，使我们至今不会填寄钱单、取款单之类的东东，因为只要告诉银行小姐要做什么，多少数目，她们就替我们填好了，自己只要写个名字就行。偶尔需要我们的身份证去复印留底，而我们又忘了带，也没关系，过几天顺便带过去就是。有一次去，正是午餐时间，行长刚要出门，看见我们也办好事准备走，就邀请我们去吃手打面（我们有一次告诉他我们爱吃手打面）。有次晚上散步，遇上这个行长率领着手下正从一个餐馆走出来，看到我们，死活要拉我们去唱歌（我们谢了他们的好意，没有去）。哎呀，跟这个Hana Bank的事情也是说起来没完，所以还是赶紧回到我们的存款上面来吧！

总之，我们很信任自己的银行，所以只要她们说好，咱就照办。于是她给我做账号。这个账户似乎有所不同，因为她还拿了一张单子给我填，要我亲笔写上"听过解释了"和"明白内容了"这样两句话，并签名。

忘了放了多少钱，反正账户做好，钱存好了。本本上写着，存一年，但是3个月以后可以拿出来。

银行小姐关照我，过了3个月，就可以常常来问她利息多少，等到高了就马上拿出来比较划算，并且给我写了"펀드"两个韩文字，说到时候问她"펀드"怎样了就行。

回家，向领导汇报，他也奇怪怎么会有这么高的利息。

然后就把这件事忘记了。3个月以后当然也没有想起来。又过了好几个月，银行的人问我们要不要把钱取出来，说，现在是~~利息（也忘记了，大概是10%左右吧）。我们就说好，取吧。存了不到一年，怎么会有这么高的利息，还是没有弄清楚，反正钱到手，也就没有追究。

之后的一年因为要买房，总是处于拆东墙补西墙的状态之中。一直到了去年11月，才总算有了点余粮。于是又想起了这种特殊存款。

再去银行，告诉台子后面那个女孩我们要存"펀드"。她说好，问我们买哪一种？啊？还哪一种？上次没有这个问题啊！她笑，说，那我替你们选吧！她拿着一大本册子翻来翻去，又在电脑上看了半天，终于选定了四个，每个里面放500万。然后又递过上次填过的单子，同样的"听过解释了"和"明白内容了"写了四份。

全弄好了，我们起身要走。也不知怎么了，我不经意地问了一声，这个，利息这么高，那会不会minus呢！她满脸是笑："那当然会的啦！"

啊！

回家我就去查字典（早干什么去了），"펀드"下面的解释，写的是~~基~~金~~啊！

难怪！这下所有的疑问都得到了解答。

再想一下，自己真是笨啊！韩语里没有F的音，所以外来语里面的F，他们不是发P就是发H，"펀드"的发音是pund，也就是fund嘛！世界上哪有这么好的事情，只赚不赔的话，别人为什么不做啊！

可是，已经都做好了，总不能现在再去退出吧？其实想退也退不了，在3个月之内。再说，我实在不好意思说，现在才刚刚知道这"펀드"就是fund。

决定随它去吧，反正3个月以后，拿出来就是了。

3个月过去，照例忘得一干二净。后来有一天，银行小姐打到我们的手机上，说现在情况不错，问要不要出来。我说这几天就去找她，然后挂断，然后马上又忘记了。到了5月底，我们有事去银行，才想起问一下基金。那个女孩说最近很好，股票大涨，劝我们再放一放。

好吧！那就放着。

6月初，电话来了，说也许可以考虑出来了，因为最近韩国股票有点回落。这次总算没忘，去银行把那四个基金全部拿出来了。

6月8日办的解约手续，6月13日钱全部到账。一共放了四个500万，现在各赚了128万、129万、115万、152万，运气真好！可以买两个半相机了。

出来以后，韩国股票是涨还是跌，没问过。进去时不知情，出来后当然

更不必关心了。

2007年7月1日　星期日

上午，打开电视，看见凤凰卫视正在直播香港回归10周年的庆典，就看了一会儿。其中有不少十年前回归时的镜头回放。

想起十年前的今天，我们也在韩国，来参加一个比赛。忘记了是在赛前还是赛后，只记得住在繁华的钟路区的一个小旅馆"钟阁庄"，房间里的电视收不到，于是晚上跑出来，一家一家的小餐馆问，终于找到一个能够看凤凰卫视的小店，于是进去要点吃的，仰着头，看墙上挂着的一个小小电视机里香港回归的直播。

前几天有事经过那一带，想起找找那家餐馆看，那一带很多餐馆都翻修过，领导指着一处说就是这里，但我已经认不出了。而我们住过的钟阁庄，小楼还在，旅馆却早就消失很多年了。

那时，完全不知道十年后会在哪里，虽然已在做着来韩国下棋的梦，但也仅仅是希望而已，没想到真的能够成真，没想到十年后的今天，我们会在韩国住着，而且已经住了八年了……

下午：

雨季来了，整个周末都下下停停的，令我找个地方试试相机的计划彻底泡汤。

只好在家干活：看书稿，做家事。花好几个小时清洗厨房，抽油烟机、灶台、水池等等，一一被俺擦到发亮。其结果是晚上做饭舍不得起油锅，散步回来顺便买的菠菜，挑好了，滚水里过一下，加调料拌拌，上面洒点熟芝麻，了事。

拣菜时，放一盘比才的音乐，在《斗牛士之歌》声中，俺把很多好叶叶都掰掉啦！

前几日天气闷热，俺把一个小咖啡桌、一把小椅子搬去阳台上，坐着吹风。今天傍晚，索性捧一杯咖啡、一点小吃，去阳台上坐着，给自己营造出一种咖啡馆的气氛。坐在那里想，要不要把手提电脑也搬过来呢？终于还是算了，太麻烦了。

坐在阳台上，望着天空的乌云缓缓地走过。天渐渐地暗下来，脑子里忽然跳出席慕容的一句诗"将暮未暮的人生"，是我现在的光景吗？

喝完咖啡，又出去散步。天上仍然有丝丝的小雨，飘在脸上，很凉爽的感觉。空气清新。

一个人的日子，过得比较没有规律：该做饭的时候喝咖啡、发呆，该吃饭了又出来散步，该睡觉的时候倒是～～睡觉，该起床干活了却还是～～睡觉～～。嗯嗯，如何是好？

2007年7月2日　星期一

昨天晚上，村长把一篇好文章《D200的设置和库的应用》用MSN传给我了。今天打印出来，研究了一遍。对我来说很难，很多名词不知道什么意思，只是跟着在相机的设置菜单里过了一回。

今天下午是农心杯预选赛。农心杯三国擂台赛是团体赛，按现在中、日、韩三国棋院的约定，团体赛必须是持本国国籍者才能够代表。因此我们不能参加韩国队的选拔，当然，也参加不了中国队。只能作壁上观。

把相机拿去，在赛场里走来走去地拍。有些人在拍完他后才发现是我，大吃一惊。大家都冲我乐,还有几个人跑过来看我的相机,问是否很贵。

不过好像PP都不行,那个大厅三面是窗,怎么拍都是逆光,人都黑黑的。还有很多拍糊了。看来还没入门。

2007年7月4日　星期三

下午,还是去看农心杯。今天已经进入预选的第三轮,很多强强组合,非常精彩。进门,比赛刚刚开始,我把背着的双肩包卸下来,然后在场子里来来回回地看棋,拍照的事情完全丢在了脑后。

过了一会儿,徐奉洙老师朝我走过来,低声问:"你的相机呢?"前天我拍照时他细细地看过我的相机,问长问短了一番。我说在啊,又问我为什么不拍。我说等会儿,现在先看看棋。他还不干了,指着场子里的那些年轻人说:"今天,除了李昌镐,韩国最厉害的人都在这儿了,你赶紧拍啊!把他们都拍下来!"

徐老师几乎是押着我到我的包包旁边,看着我拿出相机,打开镜头,他才心满意足地走开了。

我也只有努力地按几下快门。到底还是惦记眼前那些棋盘上的内容,马马虎虎地拍了几张,就又收好相机,重新看起棋来。

晚上接着看韩国联赛。一天就又过去了。

我去拍比赛的场景有个难题,就是我一进去,如果正在对局的棋手里面的高手多,内容精彩的话,我会想不起来拍照的事,甚至偶尔想起也舍不得不看棋去拿相机。比如今天,我就根本没有拿出相机来,因为好几盘棋都好看,倒着看都来不及。就像我们很难替人读秒一样,因为我们会和对局者一起思考,而忘记读秒的。唉,谁让我自己就是棋手呢!

2007年7月7日　星期六

今天晚上9点那场联赛,元晟溱对洪旼杓的棋,早早地就分出了胜负,观战的人也早早地散伙,我10点半就走出棋院了。

白天30度,有点闷热,但是晚上还是很凉快的。街上车也少了,想到一天没有出门,就在家附近的小街里绕着圈散步。走过一家烤贝类的小店,店门外的两张拼起来的桌子上坐着的一些人里,突然有一个站起来,拦住我,然后说:"济州岛……"

原来,他是济州岛的围棋协会的常务理事,名字叫康淳赞,带了几个人来韩国棋院,参加明天的由围棋电视台办的业余围棋赛。他说,1998年,宝海杯世界女子比赛的决赛在济州岛举行时,是他接待的我们。济州岛我去过好多次了,第一次是1993年,观摩应氏杯世界比赛的决赛。他说,那时他也在。

这么多年都过去了!

他们有六个人,力邀我坐下和他们一起吃点喝点,我说吃过了,但是盛情难却,就同他们坐了一会儿。桌子上是炭火(韩国人冬天夏天都烧烤),各种贝壳类的东东直接放在炭堆上面烤。我问他们,济州岛不是海鲜很好吗,怎么跑到这里来吃?他们说,济州的生鱼片是没治了,又新鲜又便宜,但是贝类很少，因此很贵。吃贝类要到西海去。然后告诉我，韩国棋院附近的这条街的烤贝类很有名的。过去整条街上都是专门烤贝壳的餐馆，现在只有这家店留了下来。烤好了，我吃了几个，果然好吃。

坐了一会儿，我请他们慢慢吃，先告辞了。边走回家，边想，下次可以和他一起来，吃一顿，再拍PP。呵呵，无意中发现了一个好去处。

在韩国，纯粹的大排档有两种，一是用车子（大多是汽车）改装的，车前放条板凳，卖的食物比较单一，多是些"糕点"、辣年糕条什么的；另一种是支个大帐篷，摆上塑料桌椅，有很旺的火，这种地方东西比较多，有一些餐馆里没有的东东。

现在的首尔，真正的大排档也比以前少了，代之以路边的小店，把桌椅排放在人行道上的形式。只要不是冬天，小餐馆云集的街上就全是烧烤的香味。

2007年7月8日 星期日

他明天回来。

今天，7月8日，是我们的结婚纪念日，15周年。

我们有两个结婚纪念日，一个是8月21日，一个7月8日。

我们的结合非常简单，简单到两个人连面都没有见。那时，我在日本，他在美国，我几次申请去美国的签证，都遭到拒签，最后一次申请，我提交的是旧金山市长的邀请函，但还是被拒了。我们见不了面。

我的保证人日野先生告诉我，按日本法律，结婚当事人即使有一方不在场，只要办好有关手续，有证人签字，一样可以成为有效婚姻。

在电话里，我们决定结婚。我去那时候住的船桥市的市政府拿到表格，寄给他，他签了字再寄回来，我又请我的保人夫妇在证人栏里签字，自己也签上字……

1991年8月21日，我把双方签好字的结婚申请书和未婚证明等有关结婚文件送到船桥市政府，根据日本法律，我们就结为正式夫妻了。然后我又把文件拿去中国领事馆要求确认，可是领事馆的工作人员说，必须结婚双方都在场，才能予以确认。我就只好等，等着他来东京。在此后的一年中，我们一直是被日本法律承认而未被中国法律确认的夫妻。

1992年的7月4日，我在成田机场接到了他。因为要参加第二届应氏杯，他终于办妥有关手续，来到东京。7月8日，我们一起去了中国领事馆，确认了我们的婚姻。

马上就是应氏杯世界大赛，我们没有时间和心情办婚礼，就在日本的《围棋周报》上发了条消息，告诉大家，我们结婚了。

没有婚礼，没有结婚戒指，也没有结婚照，只有相守的平常日子。这一晃，就做了15年的夫妻。

下午给他打电话，说东说西的，终于忍不住，问，今天是什么日子？他一定是没有想过，但是反应来得个快："是7月8日啊！等我回去再庆祝吧？"其实我们家所谓的庆祝，大多停留在口头上，说过了，好像也就庆祝过了。

总还想为今天留点痕迹，但是做什么呢？天气很闷热，也不想出门。于是烤了一个蛋糕，就是我在帖子里贴过的水果蛋糕，然后，晚上去看联赛时，带去棋院，切开，请大家吃。

今天看棋的人有十几个，虽然都是刚刚吃完饭，但还是很捧场，全部吃光了。带了相机，不过实在不好意思拿出来拍，年轻人要想了，怎么给我们吃个蛋糕还要"立此存照"啊！

2007年7月9日　星期一

傍晚6点左右，他托朋友打来电话，说飞机要晚点两小时。本来应该晚上8点多点就到家的，8点钟打他手机，竟然还坐在飞机上，说等起飞呢。

为了迎接领导归来，这几天把整个家捋了一遍，在看棋、看稿的间隙中陆陆续续地做了：全家地板吸尘，两个卫生间的清洁，厨房清洁，所有不铺台布的桌面家具面的擦灰；刚才做完最后几项：换床单枕套，换沙发布，还有，大锅卤好了2公斤的牛肉……

难怪很多地方，在领导视察前都要打扫卫生呢！昨天的流水写得有问题，应该加上"被领导15年"之类的表达，经狼兄提醒才明白过来。

2007年7月11日　星期三

晚上看联赛。今天的第一局是李昌镐对姜东润。昌镐的白棋序盘作战成功，中盘时优势明显。但是后半盘有几手较缓，形势接近不少。官子时，两个双方先手的大官子，本来都是他的权力，却全给对方走去了。终于被扭转，昌镐输了此局。

联想起前天在东京的富士通杯决赛上，他也是官子失误。本来是细棋，他稍稍厚一点的形势，却白白损了2目，最终以1目半之差败给了朴永训，屈居亚军。

姜东润——未来之星

唉，李昌镐的官子也会出错了！

对局结束后，在围棋电视台的演播室门口，看到了李昌镐。他脸色发红，神情木然，显得非常的疲惫。可以说，我从来没看见过昌镐输了棋是这样的脸色。互相鞠了一个躬，他就走了。他们队的领队白成豪说，昌镐最近身体不好，金承俊补充道："昨天才从东京回来的，太累了。"

看到李昌镐输棋，我也很难过，希望他早日走过这段低潮期。

2007年7月12日　星期四

傍晚，把他的自行车擦了擦，推了下去。我的本来就在楼下停着，偶尔买肉时骑骑。两辆车，先骑去自行车铺，打足了气，然后，一起去了清溪川。

好像有一年没有去清溪川边骑车了，虽然散步还是常常去的。清溪川真是越修越好，沿河的散步道和自行车道上，都是来运动的市民。最近几年，韩国骑自行车的人明显增多，但是普通马路上没有自行车道，很多韩国人还是认为骑车不安全。在清溪川沿岸的自行车道上骑车,空气好,景色好,还有河上清风入怀,爽!我们一直骑到了清溪川流入汉江的入江口,在那里捏了几张PP,再往回走。回程时,河面上有最后的晚霞在闪烁。

自从搬家后,走路即可到棋院(本来是骑车5分钟),自行车就被忘在一边了。今天骑了两小时的车,好像比以前常常骑车时累耶。我们说,从现在开始,每周起码应该这么骑上一次,锻炼锻炼。还有,可以去爬爬山,首尔四周都是山。

其实,最早的时候我们只买了一辆车,俺还坐过领导的后座呢,呵呵!不过在韩国这样的现象非常异类,我到这里八年了,除了自己,没有见过一个坐在自行车后座上的人,连小孩子都没有!所以坐过几次之后,就赶快再去买了一辆,和他的车一模一样,只是颜色不同,他的蓝色,俺的红色……

2007年7月13日 星期五

今天是GG Oction杯女子对中年棋手擂台赛的闭幕式。

两点,先是拍卖会。

这是拍卖的东东:

国手战50周年纪念时,做了十个国手的手模,仪式完毕之后,每个人都把自己的抱走了。现在,又做了一批十个,用于这次的拍卖。

这次的GG Oction杯女子对中年棋手擂台赛,总共下了22盘棋,每盘棋下完后,对局双方都在所用盘上签字。我没出场,我们队就胜了,因此后来

李昌镐的手模

历届国手的手模

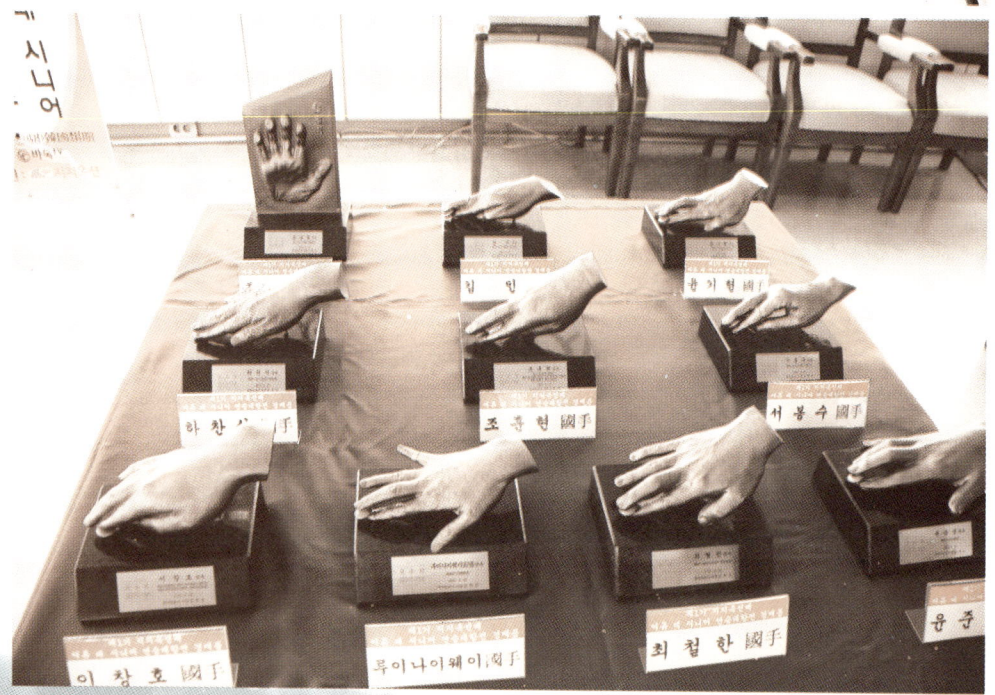

"石佛"也有笑的时候

待拍卖的棋盘

又安排我对一个女孩子（韩国棋院研究生）下了一盘让先对局，下完也让我签了字。

这些盘都在这里。

拍卖在网上同时进行。这里如果没有人举牌子了，就去看网上的出价。

李昌镐的手模，拍了150万元；我师叔曹熏铉老师的手模，是这次拍卖会的最高价：215万元。顺便小声地报告一下：俺的手模，拍了34万元。（1万韩币＝83人民币）

拍卖所得分成两部分：

一、设围棋奖学金两份，发给韩国棋院的研究生，一个男孩，一个女孩。

二、捐给残疾人协会，名为后援金。

据说俺签字的那个棋盘拍了56万元，就是用来给这个女孩子发奖学金的。和俺下那盘表演对局的研究生也是她。

有一个熟悉的记者告诉俺，他追到了40万，价还在上去，他觉得太贵，就放弃了。

拍下昌镐和曹老师手模的是同一个人，晚餐会时，他来要求签字，俺趁机把这位高人照下来

女孩子们陆陆续续来了，等着3点的闭幕式。

发奖就要开始，大家排排坐好。

GG Oction 的会长讲话，很满意这次比赛，但是提出一个要求：这次的对局全部是录播，明年能不能直播呢？

围棋电视台的台长上台表态，说既然您提出了，我们再困难也要办到。

仪式结束后是棋会,俺下了六面打,两小时内一直走过来走过去的,桌子太低,还要弯腰,很累。

晚餐会在棋院附近的"特牛亭"举行,在一片热烈友好的气氛中成功地结束了今天的发奖仪式……

女子队赢啦

2007年7月14日 星期六

刮了一天的大风,绕着楼呜呜地响。厚厚的云层,一会儿被吹散,一会儿又卷土重来,布满夏日的天空。客厅的纱窗被风吹开了好几次,用透明胶粘上,散一圈步回来,又被吹开了。

今晚没有联赛,难得有一天能够慢慢吃晚饭,就从冷冻室里拿了一袋羊肉出来,晚饭吃涮羊肉。

韩国人不吃羊肉,超市也没卖的。过去,只有在首尔最大的肉类果菜批发市场——可乐市场里面,可以找到羊肉,是从新西兰进口的。现在,据说有些大的菜市场也有些摊位卖羊肉了。我的冰箱冷冻室里,片成涮锅所需的薄片的羊肉,分成一顿或两顿一包的,有十几袋。朋友每次去可乐市场买羊肉,都帮我带很多,他有车,我自己要去就很麻烦了。上次我托他买了10公斤呢,塞了满满一冷冻室!

说是吃涮羊肉,其实羊肉的量很少,主要是涮蔬菜,白菜豆腐粉丝,各种菌类等等,今天还试了试西葫芦,切成薄片,一涮,也很好吃。调料是从国内带来的,过去用蘸料,现在干脆就直接把四川火锅的底料放进锅里,加水,煮开后投入肉和蔬菜,捞出来后,蘸一蘸香油吃,嗯,够味。

开涮前,把窗开大了,风穿过屋子,很爽。开了那么久的火,居然也不太热。

刚才散步，短袖外面套了一件棉布的长袖衬衣，还觉得有一点点凉。今年夏天还没有热过呢。

2007年7月16日 星期一

晚上8点，王中王战决赛第三局在韩国棋院一楼的围棋电视台演播厅落子。对局者为李昌镐和姜东润，前两局战成一比一平，这是决胜局。

开赛前，我跟着N名记者进去，拿着D200狂拍一阵。结果有两名记者也不拍对局者了，转而拍我。拍完照，大家撤到研究室看大屏幕，他们还盯着我问，为什么要拍这么多照片，相机是什么时候买的等等。我说我想学拍照，这是练习。他们还不满足，说，光练多可惜啊，你可以把拍的照片传到网上去呀！哈哈，我心里就开始偷笑。

李昌镐执白，布局黑不错，但是中盘以后昌镐的白棋就掌握了主动，到官子阶段，已经是他必胜的形势了，姜东润在一处白棋那里着手出棋，昌镐如果应对的话应该是缓一气劫，黑棋劫材不够，白棋获胜似乎不成问题——但是，很简单的地方，昌镐偏偏就应错了，缓一气劫变成了双活，而昌镐外围的白棋不活，就等于是里外的棋都死了……观战的人全傻了，要在赛后采访胜者的主持人已在本上写好了要问李昌镐的问题，这时在大叫怎么办。就看见屏幕上，李昌镐的手开始在盘上指指点点，他认输了。

再次进赛场拍照，昌镐的脸很红。18岁的姜东润非常冷静地坐在那里，没有一丝喜悦的表情。

昌镐最近已经好几次出现这样的事情了，很简单的死活，愣是看错，把大好形势生生地断送。我对家里的领导说，连李昌镐都这样，那我的那些表现太正常了。

李昌镐也老了吗？

真不希望看到这样。

……

吃大龙，在职业棋手也是很爽的事情。

前两年韩国围棋联赛有一项奖项叫"大马赏"(韩语里的大马就是大龙)，一年比完，吃到最大的龙的棋手可以获奖，有100万韩币的奖金呢！大龙只数子，不算目，而且必须连在一起，如果吃了断开的两条龙，也不能加起来算。那一阵很好玩，逢到屏幕上开始吃大龙，观战的棋手就替他们数棋子的数目，本来，一块棋面临危险，总是要逃的，越逃子就越多，这样大家都很开心。

今年把"大马赏"取消了，可惜！

2007年7月18日 星期三

今天，在韩国棋院特别对局室，李昌镐执白中盘胜尹俊相，以3比2的成绩夺得了第41届王位战的冠军，达成了王位战12连霸的伟业。这也是他现在握在手中的唯一一个冠军头衔，如果这盘棋输了，那么，自1989年他夺得自己职业生涯的第一个冠军起，将第一次落入无冠的境地。

已经处于悬崖边上的昌镐，这盘棋弈来自然舒展，似乎又回到了他的全

盛期。李昌镐终于守住了最后一城。

棋局结束，等了很久的记者们蜂拥进入对局室。韩国棋院的一名职员看见我，两人互相点头微笑，说：太好了！他也是李昌镐的粉丝，已经担了一整天的心了。

同一天，在本战对局室，我师叔也在比赛。

还有李世石，他快胜了对手后，就跑出来和我们一起研究李昌镐对尹俊相那盘棋。

2007年7月20日 星期五

今天太开心了！

今年的韩国围棋联赛从开始至今，我们队就一直败，止不住的连败！八个队的循环圈，一年要下两个循环，总共14场。第一个循环我们连败六场，其中有三场甚至是0比3输的。

前天起是我们队在第一个循环赛的最后一场。第一天下来，战成1比1平。我们主将朴永训赢了对方主将元晟溱，但是第一个出场的李圣宰输给了安祚永。昨天7点，第三个出场的是朴之勋，我没有去看。8点刚过，俺家领导就回来了，问他情况如何，答，已是必败之势。赶快上网看，朴之勋已经认输了。至此，我们1比2落后。

我是第四个上场的，对手是金成龙，之前和他的交手成绩是一胜一负。如果我输了，那就没有第五局了。我们8点50分从家里走，虽然第一局结束得早，但比赛还是要9点才开始。

最近输了太多的棋，无论形势多好，到后来的结果都是一个字：输。不单正式比赛，平时研究会的训练棋也输得连家都找不到。这么一来，倒是也放开了。过去晚上要比赛，下午在家想睡一会儿，总是睡不着的，倒也不是紧张，或者惦记即将到来的对局，就只是睡不着。昨天下午往沙发上一躺，居然没一会儿就睡着了，睡了一个多小时。

睡好了，自然精神就好。这盘棋我的发挥还可以，虽然后半盘还是很不简明，不过总算是把中盘时的优势保持到了终点。2比2平。

今天晚上7点，迎来了决胜局，由我们队最年轻的选手，二将韩尚勋出战，对方是李廷宇。形势一直咬得很紧，因为太紧张了，所以我们几个一度还以为他不行了呢！到官子阶段，细细一点目，发现已是明显的优势，最后尚勋安全运转，为我们队拿到了第一场的胜利！

今天我们领队尹奇铉老师没有来，但是棋一结束，立刻就打来了电话，公司的部长也来电祝贺。我们前面实在打得太糟了，所以别的队的棋手，包括今天电视直播讲棋的刘昌赫等，都在声援我们。大家都很高兴，韩尚勋看见我们，一直咧着他的大嘴笑啊笑啊。其实我们这个队，要想打入季后赛已经基本无可能，不过，能够开张总是很开心的事情。

我们队赢得决胜局胜利的韩尚勋，1988年生，2006年入段，2007年打入LG杯世界棋王战八强。

因为是电视直播，所以每盘棋结束后，围棋电视台都要对胜者进行采访。昨天，那个可爱的女主持人满面笑容地说，她终于可以采访我了，然后我们来了个拥抱——那个穿橘红色队服的人——就是我呀！

2007年7月21日　星期六

突然发现一向祥和的菜园狼烟四起，战火连天。上午本来已经坐在电脑前要工作了，结果花了一小时看帖。当然还是没有看全，来龙去脉弄不大清楚。只觉得村长这个版主当得真是辛苦！

不敢再看，赶紧收心工作，一直弄到下午5点，才起身做晚饭。然后吃饭。晚上看联赛。一天一晃就过去了。

晚上9点的联赛，是李昌镐对赵汉乘，双方的主将对决。到了中盘，李昌镐的白棋已经占优，但是他却去征吃对方的一个征不掉的子，黑棋当然要逃啦，他就一路征下去，最后利用征子杀掉了旁边的一条黑大龙。当然，李昌镐下了第一手我们就明白了他的意思，但在这之前，一大帮各式棋风的高手居然谁也没有往那里想。

解说者刘昌赫说得好："以前李昌镐获得优势后总是小心翼翼地行棋，能吃大龙也不吃，最后赢对方几目棋了事。现在，他看见有一剑毙命的机会就立刻出手——李昌镐的棋风真的是变了。"

昌镐赢得漂亮！但是，要说从这盘棋上又看见了全盛期的李昌镐，也不是很贴切，全盛期的他不是这样赢棋的。

2007年7月24日　星期二

今天是手谈研究会的循环圈赛结束日。本来一天下两盘，每盘棋保留时间为20分钟，30秒3次，为了赶在三星杯预选预选赛前结束，从上周起改为10分钟，一天要下三盘。

20人的循环圈，前7名有奖。另外，每盘棋，胜者有5千韩币的补助，败者则要交5千的罚款，其实也就等于是赌5千啦，只不过是最后总结算。我已经输了一大把了，去之前只想着要站好最后一班岗，再说，本来下棋我就从来不考虑奖金的。

没想到，今天的三盘棋竟然全胜。最后一盘下了很久，我以为好不少了，最后一点目，才半目胜！对手朴炳奎也呆了，他还以为他赢了呢！更想不到的是，站起身来，会长宋泰坤递过来一个信封，上面写着："6等，20万。"我大吃一惊，说，怎么可能？我已经9败了呀！他们查了一下成绩表，说，才8败，而且正好管住所有8败的人（同分看互相间的输赢，胜者在前）。还告诉我，你最后一盘的半目，值20万呢！

意外地得了一笔奖金，觉得自己怪富的，呵呵！

其实，昨天输了一个大的，十段战本战第一局，负于李世石的哥哥李相勋。那是单淘汰赛，输了，这个比赛也就完了。与李相勋今年已是第三次相遇了，前两战都是我赢，但是最大的一个却倒了。这是正式比赛，今天这种研究会岂能与之相比。

不过，我已经决定要改变过去的做法，今后，要努力把赢棋的快乐放到最大，把输棋的痛苦减至最低。因为：一、从今往后，我的输棋一定会多于赢棋，如果还像过去那样，恐怕会扛不住的。二、也只有这样，我才能更好地享受我的职业，更快乐更长久地与棋相伴。呵呵。

当然，说是这么说，真正做起来也没那么容易。

昨天晚上，我两点多钟去睡，居然睡得还不错。不过，主要原因还是回家后就和他一起复了盘，我自以为优势很大，其实，只是布局有一个阶段还不错而已，中盘以后就陷入苦战了。输得一点也不冤。那更没什么好说的，继续努力吧！

今天中午一起吃饭时，手谈研究室的室长金志明宣布，研究会集合起来下循环圈赛的方式到此为止，以后（8月底开始）会搞在线循环圈，即大家在网上下练习棋。年轻棋手在网上下棋的很多，看来，以后我们也要多练习网棋了。

陈村老师说，输棋还要罚款，这活儿就难办啦！这不是朝伤口浇盐水吗？

在韩国，职业棋手间下练习棋，比较正规一点的是奖金加罚款制，这一般是比较大一点、时间较长的循环圈赛制。临时性的训练棋，往往是几个人凑钱作为奖金（大抵是每人拿出1万），一起下单淘汰，冠军席卷所有款项；或者是分成两组下对抗赛，胜方平分那笔奖金。如果是一对一下，也总是赌上个1万或者5千——棋院的棋士室里，看见两个职业的在下快棋，就会有人问："多少钱？"

我以前觉得下赌棋是不可想象、不能接受的事情。来了韩国，也入乡随俗，跟着年轻棋手们一起下得不亦乐乎。不过，我下的主要是前两种，一对一的比较少。我觉得韩国这种训练方法有好处，使职业棋手对自己的每盘棋都负责，不乱下。再说，如果谁棋力较低，那么，请高手一起下棋应该是要付些代价的（尽管都是职业的），这代价就是那1万或者5千。当然钱的数目很少，主要是个意思啦。

步高里说，20万！让领导买辆现代越野，开到那个仁川登陆的地方吃海鲜！

步兄啊！俺家领导问，是骑自行车去登陆吗？

20万韩币，可以买一辆自行车，或者是步兄所说的越野车的一个轮子，呵呵！

还有，也可以步行去登陆的地点，省下钱来吃海鲜……

2007年7月25日　星期三

早晨起床后，发现落枕了。

我的脖子一向不好，过去在国家体委的医务处拍过一张片子，医生说我多了一块骨头，和一些芭蕾舞演员一样，忘了应该是几块了，反正脖子上的骨头比一般人多一块，所以支撑起来有点费劲。

今天一天的动作都比较大，要看身后和两边，要整个身体转过去。我问他："如果以后俺就是这样形象了，你会不会嫌弃俺啊？"得到的回答是"嘿嘿嘿嘿……"怎么还像是有所期待似的。

下午他想起来给我贴伤湿止痛膏，脖子后面贴了两大块，不一会儿就有感觉了，又是热辣辣，又是凉丝丝的，领导评论："一半是火焰，一半是海水。"

晚上照例去看联赛。坐在那里，我转身和他说了一句话，再转回来，就看见一帮子年轻人都眼神怪异地看着我。我纳闷，今天怎么啦？就想起了自己脖子后头的大膏药了。可惜没人关心一下，如果有人问，我就要说，这个啊，是江老师打的呀！

在韩国，我们这个年纪的夫妇中，打老婆的事情还是有的（年纪再大一些就更多了）。俺家领导常常为我庆幸："你真幸福！没人打你哈……"

对于韩国，今天是一个悲伤的日子。23名人质在阿富汗还生死不明，足球又在点球大战中输给了伊拉克。

晚上，看完足球，又看电视里关于人质事件的专门报道。看到那张登在报纸首页的那一批韩国支援者的合影和他们家人的悲痛表情，心里很难过。真希望这些人质能够获得解救，痛恨这些杀害平民生命的反人类的行为。

2007年7月28日 星期六

每年都是一样，三星杯公开预选赛的时候最热。今年也是，开赛那天，一下子就热起来了。

逢到这时，棋院二楼的大对局室还是显小，前几轮得分好几拨下。我自己还没开始呢，已经看了三天棋了。明天还要看一天，后天才轮到我。

他今天的对手是台湾出身的日本棋院棋手潘善琪，很厉害的。他下得不错，可以说是完胜。他们下完，我过去一起复盘。潘善琪和我们说中文，大矢浩一和中野宽也两名日本棋手也一起复盘，大家再说日语，过一会儿徐奉洙老师也加入我们，于是韩语登场……

晚上散步时，俺家领导又笑话俺："你的日语不行啊！"我问为什么，他说："里面夹着大量的韩文词。" 哎，麻烦就在这里：日文和韩文的语法非常像，甚至可以说，换一批单词就成了另一种。现在我老是在日文里夹着韩文单词，而且自己还不知道。平时说韩文时倒不会夹日文，尽管韩文水平不如日文，但毕竟是在韩国生活，有感觉。有朋友从日本来，最初几个小时我的日语总是颠三倒四的，几次看到朋友疑惑的眼神，弄得俺最后不得不声明："如果俺说的什么地方你听不懂，那就是在说韩文单词呢！"

唉，韩文学不好，日语又忘光了，怎么办呢？

Amy说，村长建议你们两个分工学，这样两个人关系就更紧密了，说话时，谁也离不了谁，好办法。

领导分工学英语，呵呵！

说到分工，俺们家算是明确的。很多事情，只要一个会了，另一个就不再学。什么事该谁做，纯粹是运气，看谁不小心先学会了。

还没住到韩国来的时候，每年也要来几次，比赛，住在旅馆或者酒店里。那时俺刚刚学了最初级的一些韩文，除了问好外，学得最快的就是食物的名字。进了餐馆，总是俺负责点菜。但是去餐馆的路要他带的，因为俺不认路。每天，讨论吃什么时，俺会说，上次吃的那个什么什么，他说好，把俺带去那家。一进门，他就不再管了（出门再负责带俺回住处）。

2007年7月29日 星期日

他今天又赢了！对手是李映九，虽然年轻，却是韩国围棋联赛主将级的人物呢！下午，眼看着他形势好了，我就开始紧张，不大敢去看了。转来转去地，一直在赛场里看别人的对局，参与复盘等等。远远望见他们的棋结束了，刚要过去，睦镇硕笑眯眯地迎着我说："江老师赢了呀！"我比自己赢了还要开心。

看他的棋总是很紧张。记得1996年，他参加第一届LG杯世界棋王战，代表美国。比赛在汉城举行，我陪他一起来的。那次他下得不错，打进了八强。我在观战室里看着监视屏上的棋盘，紧张得胃都疼了。不过现在已经好多了，发现自己在紧张，就不看了，看别人的棋去！反正，无论我看不看，棋总归要下完的，结果总是会出来的。

明天，他休息，我上场。

今天要早睡。

2007年7月31日 星期二

摩拳擦掌地等了很久的三星杯预选赛，却一轮就下来了。

昨天，负于日本棋手铃木步四段。

下完棋，和对手一起复了很久的盘，回家后，再和领导一起复盘，终于把问题弄清楚了。

对方吃掉我一条大龙（18个子）的一刻，应该是我形势最好的时候。我可以把对方相邻的一块棋封进去，形成杀气，虽然气杀不过，但是顺势围起的大空相当壮观，这样的话优势将很明显。结果，封锁的方法不好，落了后手，然后又忘记交换一个次序，导致我的大空受损。结果等于黑大龙白白死了。中午打挂时我的形势已非，下午苦苦追赶，对方损了不少，但是，因前面落后太多，最终还是输了半目！

领导说我这盘棋有点闷住了，思路不畅，好多地方都算错了。

我的失败，也多少影响了他。至少是不开心，休息不好。今天他也告负。

他下完后，韩国《中央日报》的朴治文记者还拉着他说，你怎么上一轮把强者李映九赢了，今天倒输了？他说不出话来。俺赶紧指着他今天的对手白大铉，说："这个是更强者啊！"白大铉在一旁不好意思地笑。

昨天输完棋，整个晚上过得愁云惨雾的，和天上那一轮圆月恰成鲜明对照。

今天又恢复了看棋的身份。把相机背去了，但是没有拍照，因为顾不上，太多精彩的棋，看不过来。虽然还是有点情绪低落。

只要是输，就一定是自己的问题。除了继续努力以外，没什么别的可说。

三星杯预选赛，从去年起，另分出女子组，给两个名额。去年俺就参加了女子组，打上了（前年和男的一起选，也上了）。那时很多男棋手和俺开玩笑，说俺参加女子组是违反规则，应该和他们一起才对。俺回答说，女子组更强呀。看来俺是有先见之明的。

2007年8月1日 星期三

上午睡到自然醒，睁眼一看已经10点，看来这几天比赛还是累了。

吃点面包，喝杯牛奶，然后去棋院。虽然淘汰了，棋还是要看的。今天晚了，三星杯预选赛是上午10点开始，我们11点才到。结果还没看成，因为今天起不允许观战了，除了对局者外其他人一律不准入场。上四楼的棋士室看了看，也空无一人。我们就打道回府了。

领导先上楼，俺顺路到楼下超市买点东西。走过卖肉的柜台，俺的两个熟人都在。打过招呼，他们问俺今天要什么。俺其实并没准备买肉，但是他们正在一个平底锅里烤肉，牛肉，是请顾客试吃的，就叉起一块请俺吃。俺吃了，说好吃（好牛肉嘛，当然好吃的）。他们就又叉一块递过来，又吃了，这就有点嘴软了，俺问这牛肉多少钱。其中一个小伙子报了价，蛮贵的。俺说来300克吧。他大声通知里面切肉的师傅："切300克，要好的！"里面的师傅还探头看了看我。

这个小伙子很好玩。有一次，俺看见有正在促销的花里脊肉（烤肉里最贵的一种），但是当时要出去，就没买。第二天去，正在那里探头探脑地找呢，被他看见，问我找什么，我说了，他说那是昨天一段时间之内才有的价格，现在又回到原价了。我说哦，谢了他，要走。他截住我，说，如果你要，那就还按昨天的价给你吧。俺就买了一斤，600克（韩国的计量单位也很有意思，一斤肉是600克，但是如果说一斤蔬菜或者水果，那就是400克），回家烤肉去也。过了几天，俺去时，他正拿着个小话筒在喊话：我们这里什么什么又在打折啦，快来买啊！俺看他忙，点点头就走过去了。然后就听见回荡在整个超市的声音："围棋选手也来我们超市买东西的啊！大家快来买快来买……"

等肉的时候，另外一个烤肉的小伙子又叉了一块给俺吃，然后和俺讨论现在李世石是不是比李昌镐厉害了，并且告诉俺他喜欢曹熏铉。边说边继续请俺吃肉。俺说已经吃了不少了，他说没关系，你最近怎么不赢棋呀？多吃点，去多赢两盘吧！

肉切好了，小小的一盒，就要一万两千多，这么看来，俺已经吃了超市差不多三四千韩币的肉了。回到家，很开心地向领导汇报，说："下次你也和俺一起去吃肉吧！"

2007年8月2日　星期四

上午去棋院，今天是三星杯的预选赛决赛，当然更不让人进赛场了。我们俩只好在空空的棋士室里呆着，打谱。

想看围棋电视台的直播（今天的三星杯有两盘棋在电视台的演播厅下，直播），却怎么也找不到围棋电视台的频道；觉得热，想打开墙上的空调（中央空调是开着的，但是力度不够），拿着遥控器按了半天也不行；想上网看韩国围棋网站的三星杯直播，那台电脑怎么也开不了

2007年三星杯抽签仪式

三星杯转播赛场

三星杯转播室

第12届三星杯赛场广告牌

金志锡——未来的世界冠军

机……最近大家都在各个研究室训练,很少有人在棋士室呆,所以很多地方都出问题了呢,我们俩自己说。

过了一会儿,金志锡进来了。2003年入段的志锡,今年18岁,圆圆脸,性格很好,很可爱,我们俩都很喜欢他。

我立刻问他,围棋电视台是几频道,他不假思索:"170。"我照着一按,棋盘就出来了。然后一回头,看见他站在我们刚才怎么也打不开的挂式空调下,舒舒坦坦地吹风呢。咦?他怎么就能打开?志锡指指空调机上的按钮,说,遥控器不管用,要按这个!再过一会儿,回头一看,他正坐在电脑前上网——晕倒!俺跟俺家领导说,看来俺们做不到的事情他都可以啊!

后来,和中国棋手丁伟一起摆棋,看他昨天的对局,他输得很可惜。摆棋摆到很晚,才去吃午饭。等到我们和丁伟、还有中国队的翻译刘佳一起喝完鱼汤回来,看到棋士室里一派热气腾腾的景象——已经被淘汰下来的韩国棋手和日本棋手一字排开,激战正酣。不用说,一定是在下赌棋,这已经是每年三星杯的定式了。

马上取出俺的相机来,拍它个不亦乐乎。最开心的是拍了好几张小志锡的PP,因为平时我一拍,他就跑,今天,他正在下棋,哼哼,我看你跑哪里去!正高兴呢,相机忽然全瞎。唉,那还有什么可说的,乖乖地收起相机,走人吧。

2007年8月3日 星期五

早晨起来一看,艳阳高照,看来是个大热天。10点半,厨房冰箱上贴着的温度计已经指向了32度。书房开了空调，两个人各捧一杯牛奶咖啡、一个面包，关上门，各自对着电脑……

中午12点到棋院。我们队的领队召集开会，定下一场的出场名单。在常去的那家餐馆——首尔本家——边吃边讨论。天太热，我们放弃了每次都要的排骨汤，改投海鲜石锅饭。

我们队是弱队。我们这个队，重要的是要主将朴永训和二将韩尚勋都对上对方厉害的，还要赢下来，然后我们另外三盘争取混到一盘，这才有取胜的可能，就像上一场那样。如果他们两个被对方"田忌赛马"了，那整个队也就基本完了。各队的出场名单必须在周一中午12点前交到棋院事业部，在此之前，谁也不知道对方会排出什么样的阵容，只能猜啦。所以，有很多运气的成分。

傍晚一场大雨。那时已经回家。站在窗前望着重重雨幕，很快乐。

晚饭是在平底锅里煮了一锅带汤的烤肉，买的专用的那种切得薄薄的牛肉和瓶装的专用调料，还放金针菇、西瓜皮、豆腐、洋葱、长葱，还有粉丝，进去一块儿煮，然后一大锅直接上桌，味道和餐馆里吃的差不多。其实，正宗的这道韩国菜是不放豆腐的，当然更不会放西瓜皮啦。

写到这里，忽然又饿了。刚才的还剩了一碗，俺去挖点饭，泡着吃吃吧。

2007年8月4日　星期六

周末，睡了一个懒觉，吃完早中饭，就已经是中午了。

12点开始干活，整个下午，除了起来休息一下眼睛，做做家务，还和他一起出去散了一圈步以外，一直在工作。

昨天傍晚一场暴雨，老天还没下够，今天又是一场，雷声隆隆的很是热闹。下午停了，但还时不时地飘点雨丝。天一下就凉快下来了。

晚上还是在棋院看联赛。一个棋盘放在棋桌上，周围围了二十来个棋手，跟着电视屏幕上的进程研究，有的时候，同时有两拨人在同一个盘上的不同地方摆参考图，俺家领导和俺笑说，看来大家下的不是同一盘棋啊！

终于读完了川端康成的《名人》，居然到现在才读，惭愧！川端写棋手真是绝了。可惜译文比较差，很想找原文来读一读。

2007年8月7日　星期二

两天没有写流水了。前天（5日）晚上，电脑被领导征用，在网上英文讲棋。我在餐桌上写字，等着。他讲了一个半小时，到1点半才下来，俺已经困得不行，就算了。

昨天晚上，替他收拾行李（他今天一大早要去山西晋城），全弄好，已经半夜了。

两点半才睡下。他6点就起了。昨天晚饭后，俺拿一个较大的碗，盛了一点饭，上面舀些剩菜，晾凉后，盖好微波炉用的专用盖，放冰箱。边指给他看放在哪里，边说明天俺会起来给你热饭的。结果，今天早晨实在太困了，他一说不用起，俺马上就睡过去了。后来听到家门被带上的声音，看了看钟：6点40分。

山西晋城举办一个围棋节，邀请曹熏铉老师去参加其中的重头戏——围棋元老赛。俺家领导陪同前往。

俺也订好了回去的票。这次准备上海进，北京出。买了10日的首尔飞上海的单程票，上海航空。在上海家里住两个晚上。12日，和爸爸妈妈一起去太原。晋城的活动那时也结束了，大家在太原会合。

相机，拿去店里看了，是机身的问题。水货，这里不保修的。

唉，要是这次能跟上海伦（hellen）她们去北海道多好，顺便就可以修了。但是，刚刚出来的9月的联赛日程，月初排了我们队上场；还有另外一个比赛也在那时。哭啊！

2007年8月8日 星期三

下了一天雨。

才热了几天，雨就下个不停。吹过高楼的风，已有秋意。

下午去研究室，打一把大伞。平时我们两个人一起时用的，今天一个人，就觉得头顶上好大一个"穹庐"，遮得严严实实的。雨点打在伞上的声音很好听。

晚上，在网上看洪性志的棋。看完饿了，去下细面吃。面不小心放多了，盛出来一大碗。因为是牛肉汤，很好吃的，不知不觉地也就吃完了。撑啊！于是，11点下楼散步。下去前，在窗口看了看，确定雨停了。出楼门，发现又开始下了。雨还不小，没带伞，只好回家。懒得再下楼，就在家里，来来回回地走了十几圈。

韩国联赛的季节，吃饭作息都有点颠倒。比赛是在晚上，一般要到11点才结束。无论是自己对局，还是看棋，回家来时脑袋都还是热的，要冷一冷，才能进入休息状态。这样一来，有联赛的日子，都会很晚才睡。早晨自然也就起得晚。吃饭也是，每天，一顿早中饭，一顿晚饭，再加一次夜宵。这样的日子要过半年。

2007年8月10日 星期五

10点差10分下楼，和门房的大叔说了要走两个星期，请他帮忙收信，然后就拖着箱子走到了约三四百米外的机场大巴站。

上车后，马上就睡过去了。途中，迷迷糊糊地一睁眼，咦？汉江边的树怎么都种在水里啊？再看，这里原来不是汉江公园吗？哦，对了，连日大雨，汉江水涨，一定是被水淹了。除了树木的团团翠绿探头在江面，另外就是偶尔看到的指路木牌（支撑的杆子只有一截露出），告诉着水下有路的消息……

坐的是上海航空。还是被拉到了老远，然后坐机场巴士绕了一大圈，才抵达机场大楼。这几年来，无论坐什么航班，国航、东航、南航，还是今天的上航，从来没有一次是走哪个通道，从机舱口直接进机场大厅。我简直觉得奇怪：那些通道和进口到底是不是在被使用？为什么我在首尔仁川机场，到达了这么多次，不管是什么航班，也从没坐过机场巴士呢？

到家时，两个小侄女正一个坐着学步车，一个在地上爬呢！她们马上就要满一周岁了。在韩国的时候就担心宝贝不让我抱，今天果然如此。不过她们许我和她们玩。三个月没见，又长大了好多。怎么看也看不够似的。

明天又可以见到很多朋友了，心向往之。

以下是陈村在2007-8-10 23:14:00的发言：

做人就像被征子，一扭一扭地往前走。好在前方有个子在等自己，窃喜！

在我们，比较遗憾，总是很难出现逃征子的壮烈场面。如果能够征掉，那么，就不能被征，或者被征一方不会去逃；如果征不掉，那也就不会去征。唯一例外是像李昌镐前不久下的那盘一样，明明征不掉，去征，征到再无可征之处，顺势一冲，将对方旁边一条大龙纳入袖中。

村长的比喻甚妙，看来，今天有一大片己方的阵营，在等待着俺这个迷途的征子咯。

2007年8月13日　星期一

报告：

俺在太原，昨天从上海飞过来的。走之前瞎忙，也没时间上菜园。

太原家里不能上网，俺跑到网吧，爬上来冒个泡泡。看到这么多朋友在俺帖子里的留言，非常感动，谢谢大家的厚爱！这里打字不方便，俺就不一一回帖了，请各位朋友原谅！

明天出发，开车走，经大同去呼和浩特一带。这一路，不知是否能上网。我会想念菜园的。

2007年8月22日　星期三

报告：

俺到北京了！

一下火车，立刻就见到了传说中的"狼"——狼兄亲自来接。如此大人物，竟然还进到站台里面，俺们真是受宠若惊，诚惶诚恐啊！谢谢狼兄！

也谢谢所有在俺帖子里留言的朋友。有这么多人惦记，俺很高兴。这一路不能上网，可把俺憋坏了。

先冒个泡泡，等下再来。

2007年8月23日　星期四

领导进录像棚了，他今天要录三个讲座。俺到荣宝斋买了几枝笔，一块毛毡，一盒印泥。天热，赶快逃回酒店，爬上菜园玩。

酒店能够上网真是太幸福了。谢谢狼兄的周到安排！

谢谢楼上各位！

这次旅途很好。呼和浩特围棋协会的朋友们替我们安排旅程，带我们去了很多好去处，吃了很多好吃的东西。虽然不是全羊大餐，但是，吃了烤羊腿，手抓羊肉，羊杂汤，啤酒炖羊肉，土豆炖羊肉……总之是过足了羊肉瘾，呵呵！

拍了不少PP（虽然不是尼康D200拍的），有空整理了放上来。沿途也记了日记，但是，不知道什么时候才能有时间整理成游记。

回国后，流水帖就搁下了，惭愧！

转了一大圈，到达最后一站——北京。先把这几天的行程写个简单的记录：

8月10日，俺从汉城飞上海。

8月11日中午，菜农FB。

8月12日，和父母一起飞太原。

8月14日，全家（双方的父母和我们俩）从太原出发往北走，坐一辆别克商务车。第一站，应县木塔；然后去了悬空寺；再坐缆车上恒山。宿大同。

8月15日，上午看云冈石窟。中午过后抵达杀虎口长城，人们常说的"走西口"的西口，就是这里。然后直奔呼和浩特，傍晚抵达。见到了呼市围棋协会的朋友们。

8月16日，去格根塔拉草原，在呼市的北面。食宿均在内蒙古电视台的781发射台。

8月17日，回呼市。下午，父母在酒店休息，我们去呼和浩特围棋协会，和大棋友小棋友们见面，下棋。

8月18日，经过包头、鄂尔多斯，去成吉思汗陵。住杭锦旗锡尼镇，库布齐沙漠的边上。

8月19日，走穿沙公路，穿过库布齐沙漠。在沙丘上玩。在包头过昭君坟、黄河浮桥，吃黄河鲤鱼，在黄河上坐游船。夜宿呼市。

8月20日，告别呼和浩特的朋友们，领导开车，晚上6点回到太原家。

8月21日，上海的爸爸妈妈飞回上海。

8月22日，我们坐火车到北京。

2007年8月29日 星期三

巴黎奥赛博物馆的部分展品来韩国展出，从4月起到现在，已经四个多月了。我们有两张入场券，是有天去银行，不知道办什么事时，那个经理送的。在手里也两个多月了，今天才发现，展览到9月2日就要结束。

韩国艺术殿堂

展览地点设在韩国艺术殿堂，那是一个巨大的圆形建筑，为韩国最大的综合艺术空间，内有歌剧院、音乐厅、个人演艺厅、美术馆、艺术资料馆、书法馆、话剧专用剧场等。

在韩国8年了，从来没有去过。今天下午坐了地铁，再换出租车，急急忙忙赶过去了。

坐着电动扶梯，上了好几层，终于到了展览厅。

咦？这展览的规模也太小了吧？

连在一起的两个展厅，统共也就挂了二十多不到三十幅画，另外有一面墙上是一溜的旧照片。

俺前年一个人在巴黎转机，两天里有一天是在奥赛博物馆度过的。上午9点进馆，下午3点出来，累得马上找个台阶坐下——还没看全呢！今天，不到一小时，已经来回看了三遍了。

有米勒的《晚钟》，也许是灯光的问题吧，怎么觉得画面那么暗啊，和我上次看的完全不同。

拍了几张照片，就有工作人员来阻止，说不能拍照。

真是奇怪！俺在巴黎奥赛时，明明是可以拍照的，那么多宝贝呢，只要不闪光，由你拍。怎么飘到韩国，就不能了呢？

巴黎奥赛博物馆在韩国的展品

2007年8月31日 星期五

一转眼，8月也过完了。

回来后，立刻回到了原来的生活节奏。

每天上午弄书稿，下午去研究室，晚上看韩国联赛。这三大块时间之间，就是做饭、洗衣、收拾、散步等等，还要上菜园，写流水……每天都觉得时间不够用。

昨天去看联赛，进门，看见有好几个不认识的女孩子在庆北世界建设队那里坐着，赵惠莲（韩国女棋手中的佼佼者）在和她们很热闹地说话。

我们不喜欢在看棋时聊天，就到了另一个队（忠北第一火灾队）的地盘去坐着。

第一盘结束，第一火灾队胜出。在等待9点的对局时，我才发现，原来那几个女孩是从日本来的，是早稻田大学的学生，来韩国玩，晚上就自己跑来看韩国围棋联赛。赵惠莲正在练她的日语呢！听了几句，说得还真不错。

韩国好多年轻棋手，都是边下棋，边上大学。赵惠莲就是高丽大学的英语系学生。日语是她的第二外语。

说到学外语，中、日、韩三国棋手中，以韩国人最为勤奋。学中文的人最多，有十几个吧，其中，睦镇硕、金承俊、朴正祥等中文说得非常好，尤其是睦镇硕，有一次，在中国坐出租车，从上海去杭州，说了一路话，司机愣没发现他是外国人。另外还有学日语、英语的。

日本棋手也有几个学韩语、学中文的。但是不如韩国多，水平也不甚高。

比较起来，现在的中国年轻棋手对外语的兴趣最低。至少，中国棋院的那些年轻人，我没有见过有谁和人用韩语或者日语交谈，互相交流时，基本都是韩国棋手在说中文。

2007年9月30日 星期日

下午，看见明珠姐姐在MSN上给我留了言，说菜园在弄堂设了联络处。赶快去看，并报到。

菜园关门已经快一个月了。本以为很快就会再开的，想偷几天懒，歇一下，等菜园重开再续写流水。没想到……

感谢弄堂的朋友们，为俺们菜农又提供了一块可以耕种的土地。俺要重新开始写俺的流水。很多事情，不写，也就忘了，忘了，似乎也就等于没有经历过。我不想这样。

2007年10月1日 星期一

一天过去，菜园联络处就多了好多熟悉的名字，真开心。

菜园关门后，海伦一直叫我去弄堂发帖。去潜水，看到老皮皮兄的大本营也是一团祥和，但还是犹豫着一直没有注册。一来是下不了决心再开辟一处战场（村长有话：发帖就如同留下作案现场，会老想着去看），作案现场太多就会忙不过来。二也是发现那里已经有一位"旅人"了，就想着应该再取个名字。想来想去也不知道叫什么"人"比较好。俺家领导只要遇到上海人，就会自我介绍说"阿拉是乡下人"，所以俺一向自称乡下人的家属。"乡下人的家属"似乎不错？但是六个字，太长了呀！要不然简单点，直接注册一个ID叫做"乡下人"？再想，万一以后网友聚会，大家可就都得叫我乡下人了……

还没想好呢，昨天，被明珠姐姐拎到新开的菜园联络处，一兴奋，就要发帖。先是以为菜园的ID直接可用，试了，发现不行。心急忙慌地就把自己在菜园的ID注了册，然后发帖，开心得把要换名字的事情忘得一干二净。

今天看见茶茶和老话梅都换了名字，才想起来。晚矣！想想自己真是没有创意，连帖子的名字都原封不动地搬了过来。唉！

2007年10月2日 星期二

在这里，一直到11月，都是联赛的季节。每周五天，星期三到星期日，晚上7点到11点，都有比赛。自己队不上场，也要去看别人对局，学习研究。因此，一周也就只有两天晚上，可以有时间和心情慢慢做一顿晚饭。另外五天就都像打仗一样，匆匆开饭，匆匆吃完，就要赶去棋院。

昨天、今天是可以好好做饭吃饭的日子。昨天买了点牛肉在家里自己烤，怕油烟熏了房顶，是在煤气灶上烤好了再上桌的。

今天晚饭弄了三个菜——

2公斤牛腱肉（好像是，我也不敢肯定），做酱牛肉。昨天做好的，在锅里泡了一晚上，今天早晨捞出来进冰箱。吃前切开。

　　咸蛋黄南瓜。这个菜比较麻烦，主要是南瓜硬，不好切。我习惯用那种细长的刀，不用中国菜刀的，所以切起来很费劲。另外要在炒锅里焖很长时间，占着锅，别的菜就没法做了。今天有牛肉垫底，不做别的炒菜了。盖上锅盖焖南瓜的时候，正好去切牛肉。

　　一大锅泡菜汤。里面有豆腐、西葫芦、长葱、金针菇，当然还有最重要的东东——韩国泡菜。那红红的颜色，可不是西红柿酱哦。舀了一大勺做酱牛肉的酱汁进去，味道就浓起来了。

　　吃得好饱啊！两个人只好到清溪川去走了一大圈，消消食。

2007年10月3日 星期三

　　今天是10月3日，在韩国是法定的节日——开天节。这一天是传说中檀君于公元前2333年建立韩国的日子。

　　早晨，睡得迷迷糊糊的，有线广播响了，到第二遍时，才听出来，是让小区的全体住民挂国旗呢。

　　韩国的节日不少，其中最大的是春节和中秋节，各放三天假。有很多节日，街上和住家都会悬挂韩国国旗。

　　下面贴一段今年2月28日的日记：

　　晚饭吃到一半时有人摁门铃。是卖太极旗的，因为明天是三一节，独立运动纪念日，很多家庭都要挂国旗的。其实傍晚时有线广播里已经在提醒大家别忘了挂国旗，电梯里的告示更是昨天就贴出来了，说国旗在洞（相当于我们的里弄）事务所有卖，但晚上了，谁还会专门去买啊！现在送到门前了，我们也就买了一幅，3000韩币。

　　旗的做工很精细，旗杆可以伸缩，把旗子的两端系在杆上即可。还有个套子，不挂时，很容易收藏起来。

　　到客厅窗口一找，窗外的栏杆上还真有一个专门用来插旗的杆，斜刺着指向天空。不禁感叹韩国人的设计和用心。这其实就是爱国主义的教育啊！在咱们国家，十一国庆节，插国旗的家庭恐怕是少之又少的。就算是想插，上哪里去买呢？就算是买来了，又插在哪里呢？我们在王府井的百货大楼买过一面五星红旗（带去了美国），那就只是一面旗帜，没有旗杆的。

　　晚上出去散步，仰头看自己家的窗户，那一面太极旗正在迎风飘扬。再看，整幢楼从上到下，一溜都是韩国国旗。

　　电梯里的告示上，写着

韩国开天节挂国旗

88周年的国权回复纪念。那是1919年，为反抗日本统治的独立运动。

上午，把那天买的旗找出来，在旗杆上拴好，挂出去。探头看看，楼下的同一位置早已挂上了，风吹着旗子，猎猎地飘。

2007年10月4日　星期四

傍晚，拎着一筐洗好的衣服去阳台上晾，放下筐，先习惯性地望望窗外，看见蓝天的背景里一朵浓黑的云，黑云旁边，一轮红日自顾自地往一群高楼后面掉。赶快去拿相机。俺决定，只要在家，只要有时间，只要有日落，俺就都照下来。太阳总是那个太阳，但是每天的日落景象都应该是不同的吧？

继续晾衣服，过一会儿，无意间一抬头——落日又奇迹般地在云层下面出现了。

2007年10月5日　星期五

今天，十来个年轻棋手来家玩，其中有李世石、崔哲翰、赵汉乘等。下午3点来的，现在是晚上9点了，还在客厅里热闹呢（俺家领导和他们在一起）。拍了录像、照片。

晚饭是叫的外卖。四个中餐的套餐（每个套餐是一个大菜配两个炸酱面），餐馆还附送了两大盒煎饺；又向比萨店订了两个大比萨。很快就风卷残云，一扫光。

2007年10月6日　星期六

这几天天气一直很好，天蓝，阳光灿烂。傍晚，突然想出去走走。就去问他，得到同意后，马上去准备。往双肩包里装了点吃的，再塞两罐啤酒。出发。

先去推车。好久没骑车，发现车胎都瘪了。只有推去打气。好不容易把我那个一点气都没有了的后胎打足了，再去打另外三个轮胎。打完一摸，先打的那个又软软的了。只好让车铺的大叔看。这个自行车铺就是我们买车的地方，几年来，也没少光顾——除了打气外，还换过一次车内胎，换过闸，找不到车钥匙了，就扛过来让他把圈圈锁给铰了……

大叔熟练地挖出内胎，在漏气的地方磨一磨，拿一块胶皮似的东西一贴——一会儿就补好了。

交了4000韩币，谢过他，立刻骑上车向清溪川奔去。打气，补胎，还是花了不少时间，真正出发时已经快6点半了。本来想一路骑到汉江去看日落的，这一耽搁，到清溪川时已暮色苍茫。在秋日纯净的天空中，西边残留的那片橘红色，显得很温柔。我们骑行在江边，对岸的灯渐次亮起。

在江边一个公园里停下车，找了一个长椅坐下，想歇一歇再走。我们的右前方正好是一座横跨汉江的大桥，如一条发光的长龙。灯光倒映在江面上，灿烂。

在韩国住了八年了，第一次这样静静地在汉江边坐着。

过了一会儿，领导建议就在这里吃饭。俺当然是积极响应啦。于是打开包，拿出我们的干粮。

夜凉起来了。公园里人不少，但是异常地安静。

江声浩荡，自桥下上升……

吃饱喝足，继续前行了一段才回头。

汉江

2007年10月8日 星期一

下午两点到棋院,看李昌镐对李相勋的十段战本战,在围棋电视台演播室进行。昌镐完胜。

结束后,进演播室和他们一起复盘。看别人对局是一种学习,但是,如果不能参与复盘,怎么说也还是一个欠缺,因为,对局者的很多思路,是旁观者不太容易想到的。过去有个说法是旁观者清,其实,到了这个水平,应该是对局者清才对(当然,不包括我这种错误百出的水平)。

他们复完盘,我上楼去。四楼的本战对局室里,李世石正在和金成龙复盘,再看。他们完事后,进棋士室,看到李昌镐正在给乌鹭围棋网站的记者解说他最近和崔哲瀚的一盘棋,再看。心里不知怎么觉得快乐极了。

这时,金承俊的电话打到我们手机上,说要出发了。依依不舍地回头看看昌镐正在摆棋的棋盘,走了。

在一楼的围棋电视台会合了承俊,一起去坐地铁。到首尔火车站,坐5点的KTX,一小时后到大田,再换出租车,6点40赶到儒城的三星研修院,准备看明、后天在这里举行的三星杯八强赛。

这地方常来,每年的三星杯32强战几乎都来,但都是夏天,从来没有在这时候来过。晚饭后散步,空气好极了,使劲地深呼吸。秋夜凉,渐渐地撑不住。难怪金承俊要穿毛背心来呢!

明天要早起,这里的早餐时间是7点至8点。带了电脑,房间里也有插口。但是想了想,没去服务台要网线,干脆过两天无网的日子,清静一下。晚上他游泳,我去蒸桑拿。

我们住在H那一幢楼里。中国队是昨天到的,和我们同住一楼。刚才,去走廊上的饮水机那里灌水,听见那个敞开的门里,古力的大嗓门正在说着什么。现在,几下关门声后,都安静了。

2007年10月9日　星期二

开了闹钟，赶在8点前去吃早饭，久违了的早起。

10点比赛开始。今天是八强赛的两局：朴永训对韩尚勋，古力对刘昌赫。

常昊和胡耀宇，还有张文东（团长），一直在研究室摆棋。和他们一起研究探讨，受益很大。古力获胜后，还到研究室来，文东拉他复盘，又使我们对这盘棋的理解更深了一些。有的地方，我们以为摆清楚了，但是古力的思路又打开了一扇新的门。很有收获。

晚饭，散步，蒸桑拿。在这里，有精彩的棋看，有高手们一起研究，还有这样好的空气和环境，伙食也很好，不用自己做饭。真是太美了。

2007年10月10日　星期三

又是充实的一天。今天是李世石对常昊，胡耀宇对黄弈中。从上午起，古力、张文东、朴正祥和我们两个就在一起摆棋；下午，更有洪旼杓、金主镐等加入，很有收获，也很开心。碰到谁摆出了妙手，我们就说："2007年……"——每年，韩国棋院会出一本年鉴，上面登载着当年本赛所有的棋谱。其中有一个专题，收集一些妙手和昏着（前年的年鉴上我的一手棋就"荣幸"地被年度昏着专栏选中）——我们的意思是夸这一手妙呢！但是出现得太频繁了，以至于一些记者忍不住打听：2007年是什么意思？

不过，大家基本上都只是在看常昊和李世石那盘。一是他们下得激烈，二也是没什么人关心中国棋手之间的胜负，就像昨天没人关心朴永训和韩尚勋这两名韩国棋手间的结果一样。

那盘棋很精彩，一直咬得挺紧的。李世石现在的棋比以前柔软了，不是一味地大力追杀，后半盘很稳。最后世石6目半胜。看来，决赛在古力和李世石之间展开的可能性非常大。

晚上，中国队照例出去吃烤肉。我们在庭院里散步，等待开饭时，看见他们六个人一起往外走。

韩国人则都待在这里，食堂的干活。其实，这里的伙食非常好，有鱼有肉，有时还有虾。吃完饭，散步时，看见金承俊他们在踢韩式足球。我们捡起他们放在一边的篮球，投篮玩。过一会儿，他们过来了，要打篮球，俺家领导和他们一起打了一场。每方三人，小场地，说好六个球的，各进三个后，歌手秋斗燦的腿抽筋，就算和了。

我们回房间拿了东西，去游泳、桑拿。在门口碰到韩海苑。说，金承俊他们一帮人进了卡拉OK房，请我们待会儿也去。问他们洗澡了没，答没。俺家领导做了一个臭不可闻的手势，海苑大乐。

游泳、桑拿完毕，回房间没多久，洪旼杓的电话就来了，领导被拉去。我一个人留在房间里，写完日记，看书。困极，先睡了。

2007年10月16日　星期二

从中午起，一直在网上看棋，李世石对赵汉乘在下名人战决赛五番胜负的第二局。

下午3点多去棋院，在一楼的围棋电视台观战室里，继续看他们的后半盘进程,并和担任网上解说的韩尚勋一起研究。小韩很可爱,第一次担任解说,非常敬业,边和我们一起摆参考图,边不停地把那些图放上网,再附上解说词。

我们都认为,后半盘一直是李世石稍稍领先。最后,小官子阶段时,赵汉乘认输了,如果接着下下去的话,可能会输1目半。

跟着乌鹭围棋网站的记者一起进演播室,我先拍了一堆PP,然后上去一起复盘。

两名对局者都认为,直到进入终盘战,都是赵汉乘的黑棋有利。所以,我们认为世石的一手棋有点过分,没必要,而他是觉得形势不利,放出的胜负手。判断如此大相径庭的原因在于,布局时世石出现了一个大错觉,下的一步棋,明显损了8目。所以他心情大恶,总觉得形势不好;赵汉乘则始终处于得了便宜的心态之中,下得就不够紧凑。殊不知,后来汉乘的下法,已经使世石的错误变小,甚至差不多根本就不是错误了。而他们两人,却还沉浸在当初的心情中……

看来,有时候,对局者会受自己所犯的错误的影响(甚至对方也会),过高地估计某一错着对全局的作用,因而作出不正确的形势判断。

复盘热烈地进行了好一阵,因世石必须接受采访,我们只好撤了。几个人转移到观战室,继续讨论。这时,突然想起,农心杯的第一战,今天下午3点在北京开战的,于是赶快上网查看。今天是中国队的彭荃对日本的羽根直树。世石先走了,我们四个人边看直播进程,边在棋盘上探讨。正摆得过瘾呢,突然一个围棋电视台的工作人员进来(后来,据领导回忆,他已经是第三次进来了),在我们边上站了一会,终于期期艾艾地说,对不起啊,我们要关门了。

原来,人家今天的录制、播出任务全部结束了,要下班了呀!

只好散了。回家路上觉得饿,就去买了一只烤鸡(最近好像吃了不少烤鸡了),提到电脑前,边看那盘棋的直播,边吃。棋结束,一只烤鸡也被我们两个吃尽了。

彭荃很遗憾地输了半目。

刚才,兴冲冲地把PP倒进电脑,天!怎么那么暗呢?

呜呜,我今天的那么多PP算是白拍了。

相机拿回来后,俺没有调过任何设置,就拿着拍。昨天拍汉江,也没碰到什么障碍,今天为什么就不行呢?

去看设置。已经把学过的全部忘记了,于是到电脑里找,有一个文档拷着村长、Amy等最早教我的那些初级技术。啊,相机是在M档上呢,M档不是手动的吗?是这个原因才暗的吧?调了P档,和M档轮流对着俺的棋盘拍了一下,果然M档暗多了。

2007年10月17日　星期三

下午在网上看在北京的农心杯第二轮,由韩国的洪旿杓挑战昨天的胜者——日本队的羽根直树。昨天羽根是半目胜彭荃,今天却是半目败。

晚上去棋院,看联赛。今天的第一局结束得早,距离第二局的开始时间9点,还有40多分钟。我们两个出去散了一会儿步,回来时,发现大家都在吃零食，喝汽水。俺就拿出俺的相机来，绕着这些年轻人走，拍得不亦乐乎。现在，很多人都已习惯了被俺的镜头对着，他们照样吃喝、笑闹，完全不受影响。

没多久我就拍了近100张。赵惠莲和元晟臻跑过来，问我相机多少钱，然后又要看我拍的。我摁了回放键，他们两个看得兴高采烈，看到对方时还"噢"地起哄。于是慧莲要求也试试，我把相机带子套在她脖子上，教了她怎么用，就看她对着那些男孩子的脸，凑得很近地瞄准着。崔哲翰问我，这个相机是不是要50万？元晟臻很冷静地告诉他：200万！

再后来就是大家都来看相机。乱哄哄的，有的要看照片回放，有的想自己拍几张试试，互相还抢，拿着相机的人就急叫再抢要掉下去啦。俺家领导从外面回来时，这里正热火朝天地抢相机呢。这时候，我直后悔另外一个小相机没有带来，要不然，把他们挤作一堆的样子拍下来多好。

最后，是年纪稍大一点的李廷宇，把手按在相机上，连声说，就到此为止吧，不然相机真的要摔下去了。这下，大家才放手。

2007年10月18日　星期四

今天上午，把《Nikon D200的库的设置》那篇文章重新打印出来，照着一项一项地重新设了一遍。不过都是一些最简单的设置，难的就跳过不看。但即使是简单的也有弄不清楚的，比如，电池，我用的这个到底是碱性电池还是锂电池？弄不清楚，只好跳过去。

下午去棋院看棋。李世石快胜崔基勋，获得了国手战的挑战权。

我们在研究室摆棋，世石进来，和我们一起复了很久的盘。《东亚日报》的徐记者要求采访他，于是他们换到另一头坐着。哈哈，又是俺的相机出马的时候了……

我对着李世石一通狂扫，这下，才体会到了村长当初说的"快门按下去就响"是怎么个感觉了。

2007年10月19日　星期五

早晨起来，阴天，小雨。

韩国的秋天非常短。一场雨一下，风一起，立刻就是冬意萧索。

晚上开了温突（地热）。韩国冬天是不用空调或者像中国北方的那种暖气的。他们的暖气管道在地板下面，按下开关，管道里就开始走热水。这样，脚下是暖暖的感觉，而且空气也不会太干燥。冬天，我们家的温度都是23度左右，很舒服。只是回上海时更加冷得受不了。

今天气温骤降，于是开开心心地从冰箱上格拿出存了一个夏天的羊肉，准备吃涮羊肉。

下午在棋院训练。傍晚回家，顺路带回来白菜、香菇等蔬菜。洗、切，在餐桌上都摆好，然后出门去看7点的联赛。今天晚上只有一场比赛，9点回到家，立刻点火，开涮……

2007年10月20日　星期六

今天不训练，但是在家待着，仍然忙个不停。

下午写了几个扇面。

那次在朱爷的帖子里贴了一个，没想到受到朱爷还有鼠兄的夸奖，很开心。不过领导发话了："朱爷那是鼓励你，你信不信？我要是写几个字贴上去，朱爷也只好说不错……"

尽管受到领导的打压，但朱爷的鼓励所燃起的写字热情仍未消减。今天总算有了一点时间，就搬出了好久没用的墨盒和毛笔。

写得很不顺手。也许是好久没写了，也许是对自己期望过高，总之是不满意。写着写着，想到了朱爷帖子里说的"中锋、中锋！"努力中锋了——哈，似乎好点。

朱爷和鼠兄的对话，一直在追看，并且大段大段拷到自己的文档里，打算反复学习。在当当网上订了朱爷推荐的颜真卿的字帖，书送到在北京的朋友处，已经托去北京参加农心杯的洪旼杓带回来了，但是还没有拿到。期待ing！

2007年10月22日　星期一

我的D200说明书找不到了。我以为在上海家里我的书橱里放着，昨天晚上，妈妈在MSN上告诉我没有！到网上去搜，找到的链接均无法下载；再去翻旧帖子，把那时村长给我的那个可以在线观看的链接找出来，倒是可以打开网页，但是，所有的图片都是红叉叉。

正不知道怎么办呢？村长在MSN上呼我。赶快抓住救命稻草，一口气问了许多问题。村长一样一样耐心回答，给俺好好地指了一回南。谢谢村长！

和村长聊完，电脑被领导征用，本来要写流水的，也只有作罢了。今天补写几句。

昨天，有韩国围棋联赛的首尔分站赛，地点是乐天饭店。我们俩去看了。活动是两点开始，我们到那里时居然才一点半，早了。于是去附近的明洞逛。明洞，是汉城最热闹的地方，大约就等于日本的新宿、上海的南京东路吧。

正是周日，街上人很多。我端着我的相机，到处找目标。找了一大圈之后，俺对领导说："海伦那时告诉我，要多练习，要'眼到、心到、手到'。可是，先别说'心到'和'手到'，就光是'眼到'这一项，就不是那么容易的事情啊！我看海伦什么都拍，拍的都很有意思，我怎么看来看去，也看不出有什么可拍的呀！"

晚上跟村长说了这一段，村长的回答是：发现什么可照，才是学问呢。

就是就是！

看来要学的东西太多了。

没走几步，就该奔赛场去了。

韩国围棋联赛由八个队组成，打双循环，总共每个队要下14场棋。其中，每个队有一个主场、一个客场要消化，其余12场棋均在韩国围棋电视台的演播厅下。我们队的主场在全罗南道的顺天市，客场在新罗的古都庆州，都去过了。今天是光州Kixx队和大田新成建设队的比赛，新成建设的主场。

这样的安排，是为了让棋手和比赛走进爱好者中间，能够和棋迷有更多的接触，从而推动围棋的普及和发展。

通常会有一个大会场，当地的爱好者们前来观看，两队选手上台，简短的开幕式，采访棋手和领队。然后，选手们退场。职业棋手都进研究室，但是，每队有三名棋手直接进入赛场，等待比赛开始。在电视台下的时候，每次只下一盘，但是在这分站赛，第一轮是三盘棋同时进行，如果一方获得三胜，那么比赛就结束了。如果是2比1，接着再下一局，如2比2，就再下。总之，每方五名选手出战，谁先赢到三盘，谁就获得此场比赛的胜利。

比赛全程由围棋电视台直播。

我们先进了大会场。看见两个队的选手都穿着队服，整齐地坐在台下。我跑到他们前面，举枪就是一阵扫射。好多人都笑，木木向我做V的手势。

两点，台上宣布2007年韩国围棋联赛首尔分站赛开始。音乐响起。会场上方挂着的大电视显示直播进程。

我站到记者堆里，乌鹭网的记者说："您真敬业啊！"哈哈！

拍了选手整队入场的照片，也拍了他们在台上列队并接受采访的照片。

仪式结束，两队人马都退场。舞台让给解说大盘的棋手。

会场外的大厅里热闹非凡。有孩子们的比赛，待会儿还会有职业棋手对爱好者的指导棋，多面打。

可以去领纪念品——雨伞。我们也领了，然后，每人拿到了一张小条子，上面有四个小圆圈，撕下来，到供爱好者们预测比赛结果的大牌牌前，贴在你想声援的那名棋手的格格里。小圆圈里写着号码，如果你中意的棋手获胜，那么，将在这些贴条的号码里，抽出获奖的幸运者。我的号码是237。不过，后来我们一直在研究室摆棋，什么时候开奖的，不知道，自然也就无从知晓是否获奖啦！

比赛开始，我们跟着进程研究。三盘棋同时进行，太快了，简直看不过来。相机再也没有拿出来。

第一轮下完，新成建设队2比1领先。第二轮，第四局开始，我们继续研究。

来前只吃了一个早中饭，突然饿了。包包里摸出一小瓶巧克力豆，是韩国新开发的品种，无糖的。大家分了一圈，剩下的一些，我全吃了。还是饿。合着无糖的巧克力不管用啊！

第四局快结束了，Kixx队的金起用胜定。还有第五局！于是我们飞快地跑去地下一楼，那里有个类似于大排档的地方（大百货店里精致的大排档），一人要了一个炸猪排的份饭，大口地吞下去。人生还是很充实的嘛！

回来的路上，遇见金志锡等三个年轻棋手，正在"游行"呢，赶快告诉他们直走，那里有饭吃。

也是，韩国围棋联赛的分站赛，别的都好，就是一点吃的都没有，是个问题。因为，两点开幕式，然后比赛。第一轮三盘下完，第二轮怎么也要4点多才能开始下。如果还有最后的决赛，再快也得6点以后了，前面下得慢的话，就更晚了。

看第五盘时，心里（胃里）比刚才踏实多了。李昌镐是Kixx队的，他在第一轮时赢了睦镇硕，现在和我们在一起研究。收获很大。

第五局 Kixx 负……

比赛结束，两队选手各自集合就餐。我们一径回家。

2007年10月23日 星期二

吃过早中饭，出发去梁宰豪研究室。新的循环圈练习赛今天开始。本来都是两个人一起去的，这次说是要下的人比较多，只有一个名额，领导就让我一个人去了。

　　单程约45分钟，地铁一趟就到，下来再走一点路。到了，电梯坐到4楼，再走上去。门关着，觉得似乎有点异样。直接拧开门，先是觉得奇怪，怎么房间里空荡荡的？然后就看见满墙贴的花花绿绿的图片，一个人从靠墙的办公桌边转过头来，问："您找谁？"

　　……

　　出来，给梁宰豪打电话，不接。再给金承俊打，说是研究室搬家了，又搬回原来的地方去了。我们只空了一个循环赛没参加，两个月的时间，怎么就搬家了呢？

　　原来的地方，我们半年前常去的，就在附近。可是，我怎么也想不起来是在哪里了。

　　给领导打电话，领导在家遥控：出门往左走，碰到较大的那条路，左拐，看见面包店后从那条小路进去……

　　于是顺利到达。

　　今天天气回暖，走得很热。进门，只觉热气蒸腾，职业棋手、研究生，还有学棋的小孩子，济济一堂，各自用功。

　　下了两盘棋，6点离开。

　　出门，再打电话回家，他继续遥控俺走去地铁站。

　　俺超级不认路。记得几年前，我在一个叫Tygem的围棋网站和朴志恩下十番棋。每次我们都去他们总部，我和朴志恩被关在一个屋子里，一人一台电脑，网上下。前面九盘棋，领导陪我去了九次。第十次，他不在，有事去了日本。我一个人去，那个地方离地铁站不远，应该不成问题。但我还是迷路了。冬天的傍晚，天黑得早，我在初上的华灯里走来走去，越找越糊涂。手里捏着手机，却忘了带公司的电话号码；领导不在韩国，也问不着。虽然我提早出发了，但是眼看比赛时间快到了，那可是网上直播啊！俺简直快哭出来了。

　　完全束手无策的时候，手机响了——领导居然从日本打过来！他说就是怕我找不着，想看看我到了没有。接下来的事情就容易了——他的小本上有号码。后来，公司的人到我站着的地方来接……

　　去过九次的地方，第十次还是迷路。这就是俺的光荣历史。

　　下了这么多年棋，习惯了输赢，虽然也在努力看淡这个"输赢"，但胜负心依然很重。大赛前我倒是睡得很好（只有过几次一夜无眠的经历），但是，赛后却很难入睡，特别是输了以后，睁着眼的时候还不妨事，只要一合眼，刚刚下过的那盘棋的某个局面立刻就跳到眼前……

　　曾经有过十年不能作为一个职业棋手参加比赛的经历。所以，回到棋盘后的这八年来，能够下棋（指的是下职业比赛）本身的快乐，在我，是盖过了一切的，输棋，比起没有比赛的那些日子，真是算不了什么。不过，总的来说是这样，但具体到每一个失败，甚至是连败，那，依然是痛的。具体到每一盘棋，我还是不能把朱爷所说的"快乐，一种'职业'的、创造性的、有较大深度的快乐"放在最高的位置，惭愧！

　　我要努力修炼自己，"为了更职业、更深度的快乐，再放松一些"……

2007年11月5日 星期一

谢谢明珠姐姐、央金、红酒、陈骏兄!

回家后,把这几天大家的帖子看了一遍。俺在北京比赛的那几天,没有上网,也没有上菜园,不过,菜园朋友们的鼓励和支持,俺都知道,因为领导每天都看,他看了也讲一些给我听。俺感到很温暖。在赛场见到央金、农儿,还有搬兄,也是欢喜异常。

俺知道,俺不是在孤军奋战。

再一次谢谢菜园众多关心和支持俺的兄弟姐妹们!

现在来写所谓的被困北京机场。

4日,我是18点45分飞首尔的国航CA137航班,领导是17点25分的东航飞太原。

下午去了朋友开的围棋道场,看见很多孩子在一个大房间里训练。

4点刚过,就到了机场。先去办领导的登机手续。然后,我们一起去了国际航班的办票柜台。没想到,国航的工作人员告诉我们,旅客名单上没有我的名字。

我这是一年有效的票,怎么会没有座位呢?但是事实就是如此!以前,有一次从韩国出发时,也遇到过这样的事情,说是没有我的名字。那次幸亏飞机没满,最终还是补上座了。反正,走得多了,总是会遇到一两次怪事的。

这次,也只有等座了。俺先在 waiting list 上登记好自己的名字,然后坐在一旁等,必须等到所有旅客都办完票,有空座时,才可以给我。

领导要去登机了。我坐在柜台旁边的长凳上看书。到5点半时,去问了一下,那个工作人员态度很好,告诉我现在还有17个座,但是整个登机手续要到6点才可以结束,让我5点45分就去排队,说是只要那时有座,就先给我。

5点43分我就去了。可是,得到的回答非常干脆:已经全满了。然后,告诉我还有三个公务舱的座位,不过需要补钱。问要补多少钱,他先答大概是一千多吧。查了一下,再告诉我:"起码要两三千!而且现在还不能给你,要等到6点,没有人来,才可以卖给你。"

问他第二天早班的飞机是否有座位。他在电脑上查,发现只有一个座了,不过,他们的柜台只管办登机手续,划别的航班,必须到国航售票处。

俺就推着俺的行李,又出了国际航班的办票大厅。

站在乱哄哄的人群里想了一下,没想清楚。一时冲动,想要不然我飞回上海去,住一天两天再回(多住是不行的,因为韩国还有比赛)?于是推着行李车,去了国内航班那边。奇怪的是,每个窗口都有一堆人在排队。想想还是去把那个座先拿下来再说。就又回到了国际航班的地方。那里的国航售票处,一排窗口,只有一个里面有人。窗前堵着几个人,我等在后面。想着如果有座,是进城还是住在机场附近呢?领导走后,曾有短信来,指示:如果第二天一早走,就住机场宾馆。可是,我怎么预订呢?忽然想起,农儿每到这时候,就短信或者电话朋友,让朋友帮忙上网查。

好吧!俺就短信农儿吧!

然后,农儿就打来电话了:"姐姐,我还是不明白……"

我解释了我的情况。农儿说要开车来接我。我说不用了,就是想上网查一下机场周围的宾馆,因为第二天一早就要走。农儿说她现在上不了网,她打电话给竹人，请他帮忙找。

挂了电话，心里稍安。发现前面那几个人只是站着，并没有跟窗口里的人有交流，就说，对不起，请让我到窗口办事好吗？

那几个人愣愣地看着我，旁边一个人挥手让他们让开——后来才发现，他们是韩国人，也在等座位呢！

第二天8点45的那一班，的确是只剩唯一的一个座位了。被俺拿下！而旁边的韩国人，正在讨论明天坐不上飞机怎么办呢！也是，一个座位对他们来说是杯水车薪，无济于事的。

离开窗口，农儿的短信来了。

正和农儿互发短信时，央金的电话进来了。她的口气非常焦急，还一个劲儿地安慰我："旅人你别着急！"

看了农儿的帖子，才知道央金那时正要出去采访。她还上网查，还一直追踪着我的情况。谢谢央金！希望没有耽误她的工作。

央金在网上找了一家宾馆，离机场很近。她打电话过去，讲好了180元的价格（原价好像是280），宾馆还说可以来车接。

原来锁定的目标——首都机场宾馆，我按照农儿发来的号码打过去，说是只有豪华标间了，680。问能否打折，答最多打折到600元。农儿托朋友帮我网上订，说是428元。

想只是睡一觉而已，不必很好的宾馆。再说还有车接。于是就决定投奔央金找到的这个天顺诚宾馆。

几分钟后，一个电话进来。女声，说是宾馆的，问了我所在位置（国际出发6号门），说马上就会有行李员过来。

又十分钟后，一个穿黑色西服的男子，问我："您是预订了天顺诚宾馆吧？"

他接过行李车推着，说车在停车场。两个人一起走过去。刚到停车场，一辆写着机场接送字样的小型面包车，呼地在我们面前停下。第一排上已经坐了两个人了。我坐到了后面。行李员并不上车。车开了，听得前面说南航还有人。转了几圈，停在一个出口处，前面副驾驶座上的人下去了。然后又上来一个或两个人（没弄清是不是同一人），说着什么标准间两个人180之类的。我想应该是刚刚拉来的客源。但是现在想又有点迷糊：是有客人上来了吗？为什么在前台办入住手续的时候，只有我和另外两名男子呢？

总之，我们的车离开了灯火通明的机场大楼。开呀开。感觉周围一片漆黑，路上只有我们这一辆车。不过我一点也不担心。前面那两个人，怎么看都是和我一样的旅行者。

其实也没开了多久，感觉车外有了灯光。我们拐进了一条小街，到了。

宾馆有一个不小的院子。

柜台上，插着一摞出境卡和海关申报单。

前台告诉我们，送机场的班车是整点发车，最早的一班是6点。我前面的那两个男人，正在和前台的服务员理论："我们是早晨6点半的航班，你们不是说随时送吗？"……

轮到我了。穿着制服的服务员小姐，死活要我坐早晨6点的班车走。我拼死抵抗，一定要坐7点的。她们说即使是老板在也得让我6点走，不然不能负责我赶上8点45的国际航班——拜托！不是说10分钟就到吗——俺说，俺用不着你负责，俺自己负责！

这样，总算才网开一面，给俺在单子上填了一个7点。

交了200元，第二天退房时退俺20。

宾馆没有电梯，大箱子存在总台，服务员拎着我的一个塑料袋，带俺走上三楼。

感觉房子挺老的，但是还挺结实，房顶也挺高。进门，一张大床，被罩雪白，倒是令俺吃了一惊。问服务员这里是什么地方，答是天竺村，属于顺义县。

原来是到了村里了。

服务员刚走，电话响了。是央金打来的。在车上就接到了她的短信，问来接了没有。感动！

上街去。外面还挺热闹的。我们所在的这条街似乎不是主路，出门右拐，走到路口再右拐，那条街人比较多。走了很长一截路，发现这里最多的是餐馆，其次是服装店，再次是和手机有关的店。那个移动通讯的门面好大啊！

买了一个旅行包，红色的，22元。这次来北京，临走前东西铺出来了，装满了大箱子，还装了两个大塑料袋。买一个包包，正好把两个塑料袋的东西并进去，这样就轻松多了。

想起农儿一个人旅行时，是不是常常这样在街上逛呢？于是发短信给农儿："……正在街上逛，体会一哈农儿一个人开车旅行的滋味：）"

回信很快来了："呵呵，姐姐小心，别被劫财劫色了：）"

俺再发："无财无色，不怕：）"

饿了，进了一家看上去还不错的重庆馆子。里面热气腾腾，四五桌客人，都在吃火锅。

俺要了一个干煸豆角（韩国没有豆角），10元，一个蛋炒饭，4元。还有一壶茶，慢慢喝。

豆角很快上来了，俺说，哇！这么多！服务员也笑。待会儿炒饭上来了，俺又说：哇！

满满的一盘啊，这个炒饭的量，俺平时可以吃四顿呢！可是，可是，俺居然吃了三分之二还多。实在是豆角和炒饭都好吃。相机被领导拿走，手机只剩一点电了，俺不敢挥霍，就没拍照。

结账，一共16元。

心满意足地回宾馆去。

房间里服务员给开了空调，很暖和。俺还把温度调低了。

洗澡时，淋浴龙头拿在手里，水似乎不大。咦？怎么会溅得那么高？才发现，管子和喷头接口处漏水，那里出的水比喷头还多。马马虎虎结束战斗，站到洗脸池前刷牙洗脸时，手里拿着毛巾在笼头底下搓，奇怪的是光着的脚也有水溅到，往下看，原来，洗脸池下面的管道也漏水……

大概每拨客人都只住一晚，所以也没有人要求宾馆方面来修。想着第二天告诉前台一下，结果还是忘记了。

接过领导电话，就躺在床上看书。

这次大丰收。栓科送了最近一年多的《国家地理杂志》（实在背不了，只带了一半，另一半存在朋友处，下次再背）；俺在卓越网上订了12本书；还有大老黄送的书……

书都打在大箱子里，留了一本在外面，是简·奥斯丁的《爱玛》。卓越网上订书，订到后来，它跳出一个框，说是1元钱可以买《爱玛》，俺过去很喜欢《傲慢与偏见》，就买了。同时1元钱买下的还有同一作者的《曼斯菲尔德庄园》。

不过，俺觉得这个译本不好。句子莫名其妙地长，有时还看不懂。应该是翻译的问题。

第二天6点半，叫早的电话响。俺6点50不到下楼。门厅的沙发上已经有一名女子坐着等。前台的男服务员帮我把行李扛上车。俺走到街上，用手机按了两张照片。6点56，司机出现。6点58，我们上车，出发。

问了司机，说是宾馆离机场是4公里。同车的那名女子是东北人，现在住在日本东京。她回家经过北京时，在机场被拉到这里，现在要回东京去，就还是选择了住这里。

俺下次要是必须在北京转机，早晨航班又早的话，也会做回头客的，尽管那个卫生间有点搞笑。

办登机手续时，还有一事值得一记。

我的大箱子里装了好多书，还有央金送的宣纸、我自己买的毛边纸和朋友送的镜框等等，很重的。前一日，送上行李带时，显示的重量为27公斤。每人可托运行李20公斤，按俺的经验，控制在25公斤以下，一般就无大碍，再超就有遭罚款的危险。俺还是有一点忐忑的。

护照递过去，然后就搬箱子上去。咦？怎么显示的是19公斤？啊，哈哈！这下没问题了。可是奇怪啊，我装完箱，用酒店浴室里的体重秤称过的，是27公斤左右呀！目送俺的箱子顺着传送带进去并消失，无意中扫了一眼显示重量的那个小显示屏，那里赫然是：-7公斤！

飞机全满，韩国人居多。一切顺利。

怎么可能不顺利呢！俺有菜园在后面啊！

俺的经验：在国内旅行，手机要充好电，有什么问题，找组织。呵呵！

谢谢农儿、央金！

明珠姐姐说，被困机场写得好长啊，我看得紧张，以为总归要出事的，想不到结果那么好，卖关子真行啊。

2007年11月11日 星期日

晚上赶去棋院，看我们队的主将朴永训对阵Kixx队主将李昌镐。中盘时，昌镐有一处误算，朴永训只要抓住这个机会，即可大胜，没想到永训似乎没看出制胜的一着，下错了次序，于是棋局在瞬间结束。

我们队以1比3又败一场（其中的一败是我的"功劳"），这已是今年联赛的最后一场比赛了。我们队在整个联赛的总成绩为一胜十三负！季后赛是早就无望了，垫底的命运也在好几场前就已经决定。作为队员，我们只想能够再赢个一场两场的，可是，一直到最后也还是只有一场胜绩。

不管怎么说，2007年的联赛，对我们来说是结束了。

我们队的赞助商是一个建筑公司，对我们这些扶不起来的阿斗很好。经常来带全体队员一起去吃烤肉，中秋节时还给我们发红包……哎，真是惭愧！

领导昨天回来，带来了很多脆枣。说是今年山西雨多，枣长得不好。不过，刚下来的枣还是很好吃。马上给师母打电话，她说晚上师叔会来棋院（我的棋就是他担任解说的），正好可以把枣带回去。他们的女儿特别爱吃枣。

2007年11月15日　星期四

GS加德士杯预选赛今天开始。我们两个都是大组，第一轮轮空，明天才对局。今天上午10点刚过就到了棋院，先观战一天，也顺便把生物钟调整一下（最近都是晚上比赛、学习，早晨就起不来）。

这个比赛是每方三小时。记忆中，好像是半年来第一次下三小时的棋。最近，韩国国内棋战大半是快棋，已经快忘记了慢慢构思布局是怎么个感觉了。

在赛场里转来转去地看棋。突然发现第二排的中间赫然坐着李昌镐。来韩国八年了，除了农心杯是全体棋士参加预选之外，从来也没有在二楼看到过李昌镐的身影。二楼是大对局室，所有的预选赛都在这里进行（本战的对局是在本战对局室，决赛是在特别对局室举行）。我不记得李昌镐参加过国内预选，无论大赛小赛，他一向都是本战的种子，不用参加预选赛的。最近，昌镐成绩下降……

本来没准备拍照的，看见李昌镐后，赶快去拿相机。

今天下午4点是棋士大会，也在二楼大对局场。还没结束的几盘棋，挪到四楼去继续下。这里，年轻人把桌椅排成开会需要的那样，一律冲前。还是老样子，前辈棋手坐在前面，年轻人紧紧地挤在后边。按年龄，俺们怎么也应该坐到老棋手里面去，可我们总是赖在年轻人堆里，一起玩，一起研究学习。所以，开会自然也坐在年轻人里头啦。

每次棋士大会，最初总是棋士会财政收入和支出的报告，然后再进行各项议题。今天比较特殊的是两件事。一是棋士会长就任已经满两年了，需要改选；二是新的等级分制度的草案出来了，要在会上讨论，以求通过。

韩国棋院的管理层由理事会和事务局构成，棋士会不同于那一类的机构，俺觉得像是属于工会的性质，是守护棋手利益的组织。任何棋手，只要有难处都可以去找棋士会请求帮助。棋士会长每两年改选一次，只要获得5名棋手的签名推荐，任何年满18周岁的棋士均可参加竞选。

棋士会长由全体棋士投票选出。

我们刚来时是客座棋士的身份，没有投票权。但是两年后，在棋士大会上通过了接纳我们为正式棋士的提案。于是，也有了投票权。从2001年秋天到现在，也投过三回票了。每次，不是两名就是三名棋手竞争这个棋士会长的职务。当然，投票前，参加竞选的棋士要先发表他的竞选宣言。

今年特殊。两年前以微弱票数当选的赵大贤九段，可能是因为他担任会长期间，为棋士服务兢兢业业，受到了很多棋士拥戴的缘故。两年后，改选的时刻来临，居然一个竞争者也没有！于是，赵大贤九段继任棋士会长。

然后讨论新的等级分制度草案。比起现在实行的等级分制度，这个方案有了很大改变。例如：原来是以两年的成绩来计算等级分的，新案改为一年，这样，将更有利于新人成长；还有，原来是只要对局，就可获得很多等级分，而赢一盘的分数相对要低得多。新案改为，对局所获的分数很低，但是胜局后所得分数则大幅度提高……

草案的细则早在一个月前就寄到了每位棋手的家里，上面还列出了草案修改团队的几位棋手的电话号码，说是有什么疑问就请给这几个人打电话……

讨论开始，修改团队的金万树上台，简单地介绍了一些情况后，就由大家提问。好多人站起来，有上去拿了麦克风问的，有站在下面直接提问的。金万树先解答，一些问题就请棋士会长出来答，再不然请出事务总长韩相烈回答。

好一阵以后，忽然台上宣布，这个计划是否从明年1月起实行，请大家表决：同意的举手……不同意的……

绝大多数棋士都举手表示同意（我们也举了手）。于是就定下来了，明年1月起实行新的等级分制度。

对于棋手来说，等级分是至关重要的，段位什么的都只是名誉上的事情，等级分则直接关系到棋手的比赛参加权。

今年我的成绩不好，特别是从春天开始，几乎没赢几盘棋，这几个月来，等级分一路下降。实行新的等级分制度后，还会更加下落的，因为新案是必须赢棋才有分数的，而且按一年的成绩算，那么，去年的成绩也借不到了。

这个冬天比赛很多。俺要好好努力。

2007年11月16日　星期五

很长的一天。

上午10点开赛。二楼的大对局室里坐得满满的，远远的第一台坐着曹熏铉老师。

我的对手是许壮会老师，下得还算顺利，上午就结束了。

下午，就一直在赛场里看棋，参与复盘。领导对梁健，他们是老对手了，两人一对上，就老是杀得天翻地覆的。今天也是如此，上来对手就杀他大龙，然后他在外围动手，试图反包围。终局时盘上棋势非常壮观，双方各吃了大块棋子，围起了巨空，各有100多目……

总的说来是他比较困难的形势，但是途中梁健弈出错着，如果领导抓住了，可以一举奠定胜局。可惜，错过了这个机会，棋就总是差一点，最终没能追上。

周末休息。下一轮是下周一，但是那一天我要去扶安郡下女子棋圣战，因此这个比赛只有延期了。

下午看棋的时候，我下一轮的对手朴承华（18岁，2006年入段）跟我说，咱们的棋就别延期了，老师您弃权吧！

我说，那怎么行，我得向你学一盘啊！

他又说，您去扶安，女子棋圣战请一定拿冠军啊！

我说，谢谢，我努力呀！

他又回到原来话题：您拿了冠军，和我的这盘棋就弃权吧？

我说，好啊，那如果我没拿到，你就弃权？

这孩子一下就呆了，我笑：现在我是拿不到冠军的，你就准备弃权吧！

这时，事业部的小河正好来问我们延期的棋什么时候下，旁边坐着的几个女孩子兴高采烈地告诉她：不用定日子了，她们已经说好了……

玩笑开过，日子也定下来了：再下个星期一，25日下。

下午很投入地看棋并参与复盘。领导的棋结束后，再同他们一起复盘。研究完觉得很饿，去棋院旁边的面店吃了手打面，再回到棋院，接着看晚上的联赛。

11点才回家。

今天有一件高兴事。在当当网订了几本书，送到北京的记者朋友处，然后托去参加农心杯的年轻棋手洪旼杓带回来。差不多一个月前，书就到了韩国。俺也去了北京又回来了，这一个月来，和旼杓见了有无数次了，他总是忘了带给我。开始我不催他，后来，每次见面，俺或者俺家领导就大喊一声"旼杓呀！"然后就看到他不是笑，就是冲我们摆手，再不然用中文说"没～有"。昨天，旼杓发狠说，明天我再忘记，我就把手剁了。

据领导说，旼杓举着一个当当网的袋子，满脸笑容地递到他面前，表情很得意——他可以不用剁手了！哈哈！

这批书里，除了几本字帖外，就是我最想要的《九篇雪》了。去扶安，要住四个晚上，正好带去看。开心！

2007年11月18日 星期日

后天要去扶安郡。

扶安，位于与黄海相邻的边山半岛上，风景秀丽。

扶安，是韩国围棋的奠基者赵南哲老师的故里。她的围棋活动开展得很好，每年要举办少年围棋赛等很多业余比赛。

扶安郡还是国内第一个赞助围棋比赛的地方政府，女子棋圣战正是在扶安郡的赞助下创立的。

一年过去，又到了11月，第二届女子棋圣战又要去扶安了。去年领导陪俺去了。我们住在海边的一个旅馆里，每天去旁边的餐馆大吃海鲜。那里最有名的是丽文蛤粥。

丽文蛤，是一种贝类，壳是白色的，据说对疲劳后的恢复很有帮助，远在朝鲜时代就是给皇帝进贡的贡品。丽文蛤粥，则是用丽文蛤肉、泡米、海带等等做的，非常好吃。记得在扶安的几天里，我们每天的早中饭，就是喝上这么一大碗美味的粥。这次再去，不知道那家每天去两回的餐馆里的女主人还记得我们不？

昨天，俺做晚饭的时候，领导很勤快地开始擦地。其实，现在吸尘、擦地的活都是他在干。没多久俺就摆好桌子，喊他吃饭了。晚上，看棋去之前，他继续干活。然后我们就看棋去了，然后回来。俺忽然发现，他不单擦了地，还把两个卫生间都刷干净了。

这个，这个～～俺最近忙，又惦记扶安的比赛，家里就很乱，想着回来再好好收拾的——没想到领导大人如此体恤下情、身先士卒……

领导的政绩是一定要及时歌颂滴。

2007年11月25日 星期日

从扶安回来后补记了一点扶安的流水账，发上来。

19日下午1点30分棋院门口上车（1点45分出发的）。不到4个小时，即抵达了扶安的彩石江度假旅馆。去年、前年好像走了5个多小时呢！

晚上是欢迎晚宴。一行人沿着山路走到"村里"去。天很冷，金世实（1988年生）跑来紧紧地挤着我一起走。

吃的是生鱼片。

吃完出来，下雨了。餐馆的车开出来，送大家回旅馆。然后我们披挂齐整了，两个人去海边走了走。

回房间后，我写字，领导看《铁证悬案》。

后来几天就一直维持着这个程序——吃完晚饭，回房间穿暖了，到海边散步。再回来大概是9点半左右。然后我临颜真卿的《麻姑帖》，每天写毛边纸两张，每张30个字。他则自己架起手提电脑，看两集《铁证悬案》。各得其所，互不侵犯。

写完字，就去洗澡。然后，坐在床上看《九篇雪》。燕子好感觉，好文字！最适于在旅途的晚上，拥被细读。窗外，隐隐有潮声。

上午总是睡到很晚。10点半去吃早饭。每人一大碗丽文蛤粥。1点出发，车要开40分钟才到赛地（第一天让我们12点半就出发，结果到那儿时才1点10分，等了50分钟比赛才开始）。

第一局对李知铉，下的时候不觉得，后来发现其实挺危险的。只是她中盘时早早进入读秒，几个地方下松了，我才扭转了形势。

第二局，准决赛，对朴志恩。布局有点不顺手。但是进入接触战后，在一个局部反击得手。后来就一直很顺利。

第三局，决赛，对金惠敏。双方互张模样的棋。第一个定型（下边）我还可以。紧跟着左上进角的一手有问题，被白棋封在里面有所不甘。然后我的黑棋吊入白阵，她拼命攻，想借此吃左上角的黑棋。这里两个人都走火入魔，她拼命想吃，我竭力顶着不让吃。其实让她吃，我就优势了。就是想不开。实战黑棋大损。等对方的白棋吞下黑最初吊入的四子，再把外围封住，我就已经落后了。

然后互围、互吊。一通转来转去，等我封住右下的大空时，其实形势已经逆转了。但是我不知道，还以为我自己是劣势呢，以至于拐跳进左下的白空，试图拼命。于是局势一乱再乱。进入官子前是她有望的形势，但是她没下出最好的定型，我如果不在左下拐，直接于右上二二拐的话，应该是必胜的局面。被她先手挡到右上的二二，似乎我的空不太够。小官子稍稍占了便宜。最后运气好，半目胜！

到这一天，大家都走了，只剩了朴志娟陪着金惠敏。下完棋，领导去请了事业部的小河和车科长，还有她们两个女孩儿一起吃晚饭。在海边，就还是吃生鱼片。

最后一天，23日，起了一个大早。去海边拍了几张照片。然后，8点半就去吃早饭，还是老样子，每人一大碗粥。厨房的大姐送了我们一包她自己做的腌螃蟹，说是礼物。

10点发车。去的时候是大巴，回来时，只剩了五个人，因此当地只发了一辆小面包。来接我们的那位老兄，还是送我们回来，坐在副驾驶的位置上。

大约1点半到棋院。天非常冷，下着雨。我们冒雨回家。

图书在版编目（CIP）数据

风中的旅人 / 江铸久，芮乃伟著 . —太原：书海出版社，2018.6

ISBN 978-7-5571-0019-3

Ⅰ . ①风… Ⅱ . ①江…②芮… Ⅲ . ①随笔 – 作品集 – 中国 – 当代 Ⅳ . ① I267.1

中国版本图书馆 CIP 数据核字（2018）第 087679 号

风中的旅人

著　　者：	江铸久　芮乃伟
策　　划：	姚　军
责任编辑：	贾登红
复　　审：	李　颖
终　　审：	员荣亮
装帧设计：	谢　成

出 版 者：山西出版传媒集团·书海出版社
地　　址：太原市建设南路 21 号
邮　　编：030012
发行营销：0351–4922220　4955996　4956039　4922127(传真)
天猫官网：http://sxrmcbs.tmall.com　电话：0351–4922159
E – mail：sxskcb@163.com　发行部
　　　　　sxskcb@126.com　总编室
网　　址：www.sxskcb.com

经 销 者：山西出版传媒集团·书海出版社
承 印 者：山西出版传媒集团·山西新华印业有限公司

开　　本：787mm×1092mm　1/16
印　　张：13.25
字　　数：239 千字
印　　数：1—3000 册
版　　次：2018 年 6 月　第 1 版
印　　次：2018 年 6 月　第 1 次印刷
书　　号：ISBN 978-7-5571-0019-3
定　　价：58.00 元

如有印装质量问题请与本社联系调换